AF447680

diario di morte

susanna barbaglia

#readingwithlove

#readingwithlove è un marchio registrato

ISBN: 9791280555038

Terza edizione

Immagine, grafica di copertina e production
Alessandro Nodari

© 2021   #readingwithlove

Seguici su Facebook (Reading with love),
Instagram (readingwithlove_official) e
www.readingithlove.it

To beguile the time
look like the time
(William Shakespeare
"Macbeth")

Ad Alessandro e a Sara.
Loro sanno perché

PROLOGO

ULTIMO GIORNO

Questo è il mio ultimo giorno di vita. Non ho più speranza.

C'è stato un incidente. Un terribile incidente.

Non so come sia successo... Non riesco a parlare né a scrivere.

Questa mattina presto sono uscita con Sunshine. Il mio principe dormiva ancora. Mi sono fermata alla scogliera e sono scesa dal cavallo per guardare il mare. Ero felice, troppo felice... Il mio cuore scoppiava di felicità.

Poi l'ho visto arrivare al galoppo con Cassius. Mi ha mandato un bacio con la mano e... Dio, non so come dirlo, non posso dirlo né scriverlo. Non so cos'è successo... Cassius s'è impennato, forse qualcosa l'ha spaventato, e lui... lui non è riuscito a fermarlo.

Il cavallo è inciampato sul ciglio della scarpata e in un secondo li ho visti volare nel vuoto.

È finita. Non ci può essere mai più speranza per me.

Non scriverò mai più questo diario.

Sono morta con il mio amore.

Sono morta per sempre.

1

PRIMO GIORNO

Sono felice.

Non avevo dubbi che il primo risveglio qui sarebbe stato magico. Ho spalancato gli occhi proprio sul ritratto del nonno, illuminato di traverso da una lama di luce bianca trattenuta a stento dalle imposte. Gli sorrido e gli mando un bacio con la punta delle dita.

Sul pavimento a doghe, gli scatoloni aperti ammiccano come bocche sguaiate, e rigurgitano abiti e biancheria, lampade e mestoli, stoviglie e ometti.

L'ordine non è mai stato il mio forte. Ero tentata di lasciar imballare tutto dall'impresa di traslochi, ma alla fine ho rinunciato: nell'organizzazione altrui non mi ci sarei più ritrovata.

Appoggio i piedi nudi a terra e m'immagino bambina.

Sono felice.

Questa è la casa della mia famiglia: su questo parquet ho iniziato a camminare, ho lasciato qualche dente di latte, ho fatto capriole, ho inseguito i gatti del nonno. Come mia madre, prima di me.

Fra queste pareti rimbalzano la voce calda di mio padre, le urla isteriche delle mie nurse, la musica accademica e cadenzata del piano della nonna.

Chiudo gli occhi e risento il profumo del caminetto d'inverno, gli aromi golosi dei dolci appena sfornati dalle cuoche.

Una villa a Milano. Un miracolo.

Mi sporgo dalla finestra. A pochi metri da me, un gatto pezzato bianco e nero passeggia sul cornicione.

All'esterno c'è aria d'abbandono. Devo chiamare al più presto un giardiniere. La casa è disabitata da quasi un anno, da quando l'ultimo fratello di mia madre che ci viveva, ormai inabile, è stato definitivamente ricoverato. Per volere testamentario del nonno, alla sua morte è passata in mia proprietà, ma con la clausola di usufrutto a vita per quello zio, malato da sempre.

Ora sono sola. Morto lo zio Riccardo, della mia famiglia d'origine non è rimasto nessuno. E neppure è avanzato mezzo euro del patrimonio, fulminato dallo zio fra le spese di medici e infermieri prima, e di cronicari poi.

Ma come avrei potuto razionalizzare una scelta sentimentalmente per me a senso unico?

Anche se la zona non è certo comoda per raggiungere in bicicletta il centro di Milano o le destinazioni abituali dei miei clienti, non ho esitato a lasciare l'abbaino di Corso Como per abitare la villa del nonno in Città Studi. E se non bastasse, non mi sono nemmeno posta il problema delle spese che dovrò sostenere per il mantenimento di questa residenza! Di sicuro l'entrata fissa dell'affitto di Corso Como non sarà sufficiente nemmeno per cambiare le lampadine. Né potrò contare sui ridicoli diritti d'autore degli unici libri che finora sono riuscita a pubblicare, le biografie di due famosi attori degli anni Sessanta.

Il mestiere di scrittrice che ho scelto dall'età della ragione, mi ha procurato frutti economici irrisori e tanti tanti compromessi. Per questo, alla fine, mi sono convinta che accettarne qualcuno in più non avrebbe potuto aumentare il mio livello di frustrazione in modo significativo. Già oggi potrei scegliere fra una produzione di romanzetti d'amore in serie con pseudonimo straniero o la stesura di fascicoli di cucina che mi ha proposto un amico editor, grande ammiratore della mia creatività gastronomica. In ogni caso, non è questo il momento di pensarci per farmi strangolare dall'ansia. M'infilo sotto la doccia.

È un lusso essermi concessa due giorni d'inattività per ambientarmi nella nuova casa e so bene di non aver tempo da perdere. Il getto caldo dell'acqua mi dà vigore e quando esco dalla doccia, lo specchio sul lavandino nella vecchia cornice a riccioli dorati, rimanda di me un'immagine dinamica e solare che mi piace.

Sono felice.

Il mio posto è questo. Ce la farò. Ce l'ho sempre fatta.

Annodo la cintura dell'accappatoio e, scalza (per non perdere il contatto con il legno e con la mia vita), raggiungo la cucina al piano terra. Ho una gran voglia di caffè. Riempio il bollitore d'acqua e mi avvicino ai fornelli. Sulla piastra elettrica c'è un foglio di quaderno a righe che ieri sera non ho notato. Lo rigiro fra le mani. No. Non è roba mia. Il testo è scritto a mano in stampatello. Lo afferro curiosa, ma subito devo sedermi per non crollare.

La calligrafia, purtroppo, è accurata e leggibilissima:

"DIARIO DI MORTE

Marzo

Cara Viola, so che l'origine di tutto è stata la noia. E anche il mio carattere che amo definire "incompleto" e dunque, eternamente insoddisfatto. Posso permettermi di avere tutto quello che voglio. Ma purtroppo non ho alcun interesse, né hobby, né passioni. Sono un essere incolore e scialbo. Penso che tu possa capire, per un tipo come me, quanto sia stato entusiasmante scoprire di poter cambiare spesso identità, vivere vite parallele e introdurmi nelle vite degli altri...

Segnati questa data perché oggi ho scelto te e la tua vita.

L'ultima volta c'era il sole. Tanto sole. Ho chiuso personalmente gli occhi a quella disgraziata non certo per pietà, ma semmai per un estremo omaggio estetico alla scena. Poi ho lasciato per sempre quella casa.

E così farò con te. Non saprai mai chi sono. Non conoscerai mai il mio nome, ma capirai molto presto che io sono il tuo Destino".

2

La via Caccianino è una breve traversa privata fra via Porpora e via Vallazze.

Le case sono quasi tutte ville con giardino dell'inizio del Novecento, per la maggior parte unifamiliari. Soltanto le più grandi, infatti, negli anni sono state ristrutturate a piccolo condominio.

Un'oasi imprevista nella parte estrema e più povera di Città Studi, racchiusa e protetta da sbarre telecomandate.

Quella mattina alle nove precise come ogni mattina, Sir Lester J. Cunnigham e Lothar il suo bulldog, uscirono da *"La Magnolia"*- una delle residenze centrali sul lato nord della via- per la consueta passeggiata. Come sempre, il percorso prevedeva una prima sosta all'edicola all'angolo di via Ampère, una seconda fermata di circa un quarto d'ora nel piazzale con recinto per cani in piazza Piola e un passaggio in panetteria prima del rientro. Tempo totale: un'ora e dieci, minuto più minuto meno.

Abitudinario l'uomo e abitudinario il cane, entrambi difficilmente potevano tollerare alcun imprevisto sul programma.

Qualche anno prima, in previsione di dover trascorrere molti mesi dell'anno a Milano, Cunnigham aveva acquistato *"La Magnolia"* con la gradevole sensazione di aver trovato fortunosamente un angolo della città molto inglese.

Ricco da generazioni e ricco ancor di più per la sua attività di collezionista-antiquario, avrebbe potuto scegliere di vivere anche dentro al Duomo. Tuttavia, lo stesso agente immobiliare incaricato da Londra per la ricerca della casa, si era stupito per la reazione di quel cliente viziato e snob alla vista della villa di via Caccianino. Non che la casa non meritasse: era proprietà di una delle famiglie della nobiltà milanese. Ma di certo, le opzioni in alternativa che gli aveva mostrato prima, erano di gran lunga più di rappresentanza. Non fosse altro per i rioni dove si trovavano: Brera, Mascheroni, Magenta... Eppure, quell'inglese (vallo a capire!), dopo una rapida occhiata a *"La Magnolia"* aveva estratto dalla sua cartella il libretto degli assegni di un conto bancario italiano e senza alcun commento, ma soprattutto senza trattare nemmeno una lira dell'ingente prezzo dell'immobile, gli aveva domandato: «Un anticipo di duecento milioni è sufficiente?».

Nei suoi periodi milanesi, Cunnigham si trovava a proprio agio in quella casa silenziosa e rassicurante come un'alcova. E questa era l'unica ragione di scelta che contasse per lui. Trovava affascinante il giardino, la piccola serra Liberty e la fontanella centrale con un Nettuno leggermente lascivo. E non da ultima, quella magnolia centenaria che ombreggiava un antico salottino in ferro battuto e che, in primavera, si riempiva di corolle giganti e di uccellini melodiosi.

Tornando a quella passeggiata mattutina, è bene ripetere che uomo e cane mal sopportavano ingerenze esterne alla loro intimità e appena svoltato l'angolo fu subito chiaro a tutt'e due che quella non era giornata. Fu la vedova Tirelli a interrompere il loro ritmo con la sua voce fastidiosa: «Buongiorno Milord! È già stato dalla Maria a prendere il pane?».

Come reagire a tanta sfrontatezza? Cunnigham s'irrigidì e pensando che mai si sarebbe abituato a certi slanci confidenziali tipicamente mediterranei, con lentezza emblematica sillabò: «N-o».

Nello stesso tempo, Lothar si accucciò in posa plastica e fissò lo sguardo torvo in un luogo noto soltanto a lui, certamente molto lontano da lì.

«Bene! Così fa in tempo ad accaparrarsi una porzione di gnocchi. Lo sa vero che quelli della Maria sono speciali?». La donna gli si era avvicinata ancora di più, gridando e gesticolando. Atteggiamenti che, soprattutto abbinati, diventavano assai pericolosi per il bulldog che spesso li contestava con testate violente nelle gambe di chi vi si esibiva.

«Per la verità, io detesto gli gnocchi», rispose il nobiluomo compunto gettando un'occhiata ansiosa al cane.

La Tirelli parve non afferrare né il tono né le parole dell'inglese e proseguì imperterrita e invasata a importunarlo: «La villa vicino alla sua ha ripreso vita, ha notato Milord? Ora ci abita una ragazza, la nipote del povero Riccardo Sandri. Se lo ricorda? Quell'invalido morto un anno fa.» La donna s'interruppe soltanto un attimo in attesa di un improbabile intervento da parte di Cunnigham e poi proseguì il suo monologo: «Non dica che dal suo giardino non s'è visto nulla! Dalla finestra del mio soggiorno io ho seguito tutto...».

L'inglese rabbrividì e non riuscì a trattenere uno scatto di disgusto per tanta maleducazione: «No, Milady. Non ho proprio notato nulla. E ora, se permette, devo andarmene. Sono davvero in ritardo». Senza attendere risposta, trasse un lungo sospiro per controllare lo stato incerto dei suoi nervi e proseguì a passo deciso verso piazza Piola.

Ma l'episodio doveva avere un seguito. Infatti, raggiunto il recinto dei cani, mentre Lothar finalmente libero dal laccio raggiungeva i suoi simili nell'area erbosa trotterellando come un piccolo ippopotamo, Cunnigham fu investito di domande dal gruppo di proprietari di cani. E il bello è che nessuno si prese la briga di chiedergli almeno come stava: tutti erano interessati a conoscere qualche novità riguardo alla sua nuova vicina. «Dicono che è molto affascinante... Pare che sia sui trent'anni e che abbia i capelli rossi come la nonna. Sir Cunnigham, lei l'ha conosciuta? È sola? Che lavoro fa? Ha un cane?».

Cunnigham abbozzò a fatica. Richiamò Lothar con un fischio e si dileguò con la velocità di un fulmine. Pensò di essersi salvato entrando in panetteria, ma la sua speranza doveva essere smentita sul nascere. Anche lì, un drappello di comari stava dibattendo lo stesso argomento: «Sembra sia una scrittrice... È rimasta sola al mondo... Come se la caverà in quell'enorme casa? Dovrebbe avere trentadue anni... No, io non l'ho vista, e tu Maria?... Nemmeno io l'ho mai incrociata, eppure la Tirelli dice che la settimana scorsa è venuta alla casa almeno un paio di volte, a portare i suoi effetti personali...».

L'inglese a questo punto letteralmente scappò, con il cane a rimorchio. Per quel giorno avrebbe fatto a meno del pane piuttosto di affrontare quelle streghe. Arrivato a *"La Magnolia"* si chiuse il portone alle spalle con sollievo, si spogliò del Burberry e chiese a Mister Higgins, inseparabile maggiordomo e autista tuttofare, di servirgli un tè nello studio al primo piano.

Perché era proprio dalle finestre di quel locale che supponeva di poter controllare meglio i movimenti della villa adiacente.

<h1 style="text-align:center">3</h1>

Può essere un uomo o una donna. Può essere vecchio o giovane. Può essere qualcuno che conosco o uno sconosciuto. Ma è certamente qualcuno che conosce me, il mio nome, le mie abitudini e può entrare quando vuole in questa casa.

Sono seduta a terra da un'ora, paralizzata dal terrore come un animale al macello, e non riesco neppure a muovermi. Devo fare qualcosa, ma cosa? Mi domando se la porta è chiusa ma non ho il coraggio di controllare.

Telefonare alla polizia? No. Meglio andarci, ma come faccio? Il mio corpo è pesante come una montagna.

Mi guardo alle spalle, mi sento osservata, spiata, seguita. Il mio cuore pompa senza tregua. Posso distintamente udirne il battito.

Il suono improvviso del campanello mi raggiunge alla schiena come una fucilata. Non devo aprire a nessuno. Chiunque sia può essere lui (o lei). Perché lui (o lei) può essere chiunque.

Di nuovo, quel maledetto campanello. Insiste. Se non mi muovo può pensare che in casa non c'è nessuno, ma se io sento il mio cuore lo sentirà anche lui (o lei.) Poi mi dico che se fosse lui (o lei), potrebbe entrare senza suonare. Mi faccio forza di questo pensiero e riesco a strisciare sul pavimento come un verme, fino all'ingresso. Dovrei alzarmi sulle ginocchia per guardare dallo spioncino, ma non ce la faccio e rimango immobile. Avverto qualcosa alle spalle, mi giro e vedo due occhi bruni che mi osservano dietro la finestra della veranda. È in giardino. Ha un berretto di lana e mezza faccia nascosta dall'infisso. Non capisco se è maschio o femmina. Mi sento gridare come un'ossessa. Sento le lacrime scorrermi sul viso, mi graffio le guance nel tentativo di asciugarle e mi ributto a terra.

4

A mezzogiorno, nella sede della *Biffi Editore*, una piccola palazzina di tre piani adiacente a piazzale Giulio Cesare, durante una riunione generale, quel giorno si decise di affidare la revisione dei testi di un'enciclopedia universale, a un collaboratore molto qualificato. All'unanimità fu stabilito d'interpellare Viola Sandri, nota agli editor incaricati come una delle più valide ed esperte professioniste del settore.

L'appalto dei fascicoli da allegare ogni settimana a un grande quotidiano, era stato offerto da un importante cliente esterno e costituiva un decisivo passo avanti dell'azienda, specializzata soprattutto nella produzione di edizioni tecniche, manualistica e cataloghi di mostre d'arte. L'Editore in persona incaricò una delle segretarie di cercare immediatamente la Sandri per telefono. Ma, dopo numerosi tentativi andati a vuoto, l'impiegata affermò che al cellulare della persona rispondeva una segreteria telefonica («...sì certo, ho lasciato un messaggio») e che all'apparecchio della sua abitazione rispondeva un uomo che dichiarava di essere Alessio Franchetti, il nuovo inquilino dell'appartamento.

Al piano terra della villa dirimpetto a *"La Magnolia"* viveva una famiglia piuttosto borghese nel senso più deteriore del termine. Lui quarantacinquenne cardiologo di clinica privata, lei quarantenne casalinga per scelta e per attitudine endemica.

Il figlio, un ragazzotto nell'età peggiore con un accenno di peluria sotto il naso e incoerenti dettagli come un chiodo infilato a metà della lingua e un tatuaggio di ali di rapace sotto la nuca, frequentava (per la seconda volta) il primo anno del Liceo Classico, ovviamente al *Gonzaga* anche se con modestissimi risultati.

La domestica? Naturalmente una filippina di poche parole, con grembiule e cresta. Vieux style? Può darsi, ma molto traditionally correct.

All'una la tavola era già imbandita con ammennicoli di *Arform* e piatti *Villeroy&Boch*. Elena Binelli, la padrona di casa, si era esibita nella sua ricetta migliore, le cotolette "primavera", ma per ora nessuno dei suoi congiunti si era palesato.

Arrivarono tutt'e due insieme, dieci minuti più tardi e, tempo di lavarsi le mani, si erano riuniti attorno al desco con lei. Piuttosto nervosa, bisogna dire.

«Allora Matteo, com'è andato il compito in classe di latino?» iniziò il padre già con la bocca piena.

«Mmmm…penso bene, ma ne sarò certo domani» biascicò il figlio.

«Dunque è andato male» sentenziò la madre rigida.

«Non essere sempre negativa!» la rimproverò il marito fra i denti.

«Hai ragione, Francesco. Forse devo imparare l'ottimismo da quell'oca della tua nuova infermiera?» gracidò lei.

Ahi, ci risiamo, pensò il povero Matteo. Iniziano a menarsela. Meglio cambiare argomento: «Ehi ma', mi stavo dimenticando di dirti che sono appena passato dalla nuova proprietaria di *"Villa Sandri"*».

La donna mutò subito espressione: «Davvero? E com'è? Le hai portato i nostri saluti? Le hai detto che la inviteremo presto a cena?»

Il ragazzo nicchiò: «Sinceramente non posso dire di averla vista. Però dev'essere pazza o molto malata. Ho suonato più volte il campanello del cancello, lei non ha risposto. Così ho pensato di scavalcare la recinzione del giardino nel punto più basso e ho suonato e risuonato alla porta d'ingresso. Niente. Mi sono avvicinato alla finestra della veranda e ho spiato nell'ingresso per controllare se davvero non fosse in casa e vuoi sapere cos'ho visto?».

«Su Matteo, non farmi impazzire!» implorò la Binelli avida.

«Ho visto una donna in accappatoio, sdraiata per terra contro la porta. Al momento ho pensato che fosse svenuta o addirittura morta perché era immobile. Poi di scatto s'è girata, mi ha visto, e ha iniziato a urlare, piangere, picchiare i pugni per terra».

«È possibile?» domandò stranita la donna al marito.

«È da ieri che ti sento parlare soltanto di questa tizia. Ma che t'importa? Drogata. Ubriaca. Schizzata. Tutto è possibile mia cara, dunque, per non avere grane, è meglio starne definitivamente alla larga. D'accordo?» concluse il cardiologo con un'occhiata storta alla moglie. E infilandosi in bocca l'ultimo pezzo di cotoletta aggiunse: «E naturalmente tu non hai visto nulla, capito Matteo?».

5

Gli occhi che mi spiavano dalla finestra della veranda sono scomparsi. Li ho sognati? È il terrore a prendersi gioco della mia immaginazione? Devo muovermi di qui, fare qualcosa.

Un fabbro. Mi ci vuole un fabbro per cambiare tutte le serrature. Avrei dovuto pensarci prima.

Il nuovo proposito sembra ridare energia alle mie gambe e al mio cervello.

Cerco di ragionare con la logica: se anche lui (o lei) fosse nei pressi e mi potesse spiare, ora non può entrare in casa. C'è troppa gente in giro. È chiaro che agisce di notte.

Torno in camera da letto. Meglio non usare la linea fissa. Cerco il cellulare e lo accendo. Mentre si attiva, ritorno al piano terra e recupero le "Pagine Gialle" impilate con le guide telefoniche di Milano sotto il mobiletto all'ingresso. Per sicurezza, scelgo un fabbro dall'altra parte della città.

La persona che mi risponde, all'inizio fa un mucchio di difficoltà sulla lontananza e sulla mia necessità immediata («Se tutti avessero le sue pretese...»), ma infine si decide perché gli offro il doppio della sua richiesta. Concordiamo il tipo di serrature, le più moderne, le più costose, impossibili da duplicare se non con una tessera olografa il cui codice personale è depositato anche in Questura.

Arriverà un operaio entro un'ora, mi conferma prima di congedarsi. Infilo un paio di jeans e un maglione e sento suonare il cellulare. Avrei dovuto spegnerlo. Può essere lui (o lei)?

Rispondo con la gola stretta dal panico. È la segretaria dell'Editore Biffi («Non ha trovato il nostro messaggio in segreteria?»), vuole fissarmi un appuntamento per oggi pomeriggio.

Impossibile, le dico.

Mi fa notare che è Franzini, il loro capo editor, a fare il mio nome, anche perché sa che ho bisogno di lavorare.

Cafona. Non rispondo.

Insiste che è urgente e che riguarda un lavoro importante.

Non me ne frega niente, ribatto e capisco che sto alzando la voce. Alla fine chiudo la telefonata senza nemmeno salutarla.

Guardo il giardino, sovrappensiero, e vedo un cane con la testa in su, che a sua volta mi guarda. È un bulldog inglese tutto bianco con metà del muso color albicocca. Ma da dov'è entrato?

6

Il telefono sulla scrivania di Paolo Brandi suonò di nuovo. Non aveva smesso di suonare dal momento in cui, due ore prima, il giornalista era entrato in redazione. Pensò che, di questo passo, gli sarebbe stato impossibile concludere il pezzo di cronaca sull'arresto di un noto imprenditore che doveva chiudere per la stampa nel primo pomeriggio. Suo malgrado s'interruppe per l'ennesima volta e sbuffando rispose con un «Sìììì» per nulla invitante.

«Ciao Brandi, sono Alberto Franzini della Biffi Editore. Disturbo?».

«No, figurati, non disturbi affatto. Sei semplicemente devastante».

Il tono del vecchio editor si fece dimesso: «Mi dispiace, ma è davvero urgente. Il Capo è furioso perché ancora non abbiamo la persona cui affidare la revisione dei testi dell'enciclopedia per voi. Ho bisogno un consiglio, un'indicazione e, visto che sei tu che te ne occuperai…».

«Ti ho già detto che la migliore è la Sandri, e mi sembravi d'accordo anche tu. L'hai cercata?» abbaiò Brandi.

«Certo, immediatamente, ma non ne vuole sapere.»

«Come? Ma se è sempre alla ricerca di lavoro. È impossibile!» rispose l'uomo stupito.

Franzini si fece coraggio e continuò: «Ecco, non sarà perché ci sei di mezzo tu? Sai, per quella vecchia storia fra di voi…»

In teoria di quella "vecchia storia" non avrebbe dovuto saperne niente nessuno, pensò Brandi con livore, ma sapeva bene che i segreti nell'ambiente giornalistico erano improbabili.

Aveva conosciuto Viola quattro anni prima, quando si era presentata per uno stage al giornale e l'amore fra loro era stato inevitabile, da subito. Lui si era sentito fatalmente attratto da quella ragazza rossa e lentigginosa che sembrava dipinta, con le gambe lunghe da adolescente, le mani da bambina e gli occhi castani, così maturi.

Lei era libera. Nel cuore e nella vita, pronta a cadere fra le sue braccia. E gli attimi rubati nell'abbaino di Corso Como erano rimasti i ricordi più felici e feroci della sua vita: una passione violenta, irrefrenabile, nella quale lui aveva annegato le frustrazioni di un matrimonio banale con una donna banale. Ma la banalità, si sa, è quasi sempre vincente, soprattutto quando ci sono di mezzo due figli piccoli.

L'ultimo ricordo di Viola per Paolo era struggente. Incredula, come un animale ferito e abbandonato, lei non aveva avuto nemmeno la forza di guardarlo mentre lui tentava di spiegarle le ragioni di quello che poteva essere soltanto un addio per sempre. Da allora, due anni prima, non si vedevano né si sentivano.

Colleghi comuni gli avevano riferito che si era isolata, che non frequentava più nessuno, che lavorava e basta. Lavori mediocri, di basso profilo, per tirare a campare. Per questo Paolo aveva pensato a lei quando gli avevano chiesto un nome per l'enciclopedia. Viola era brava e scrupolosa, se lo meritava. Il fatto che lui fosse il responsabile dell'iniziativa poteva essere marginale: avrebbero senz'altro potuto evitare di frequentarsi utilizzando come intermediario il caposervizio. E lei lo sapeva. Dunque, per quanto la conosceva, Brandi concluse che il rifiuto di quel lavoro da parte di Viola era inverosimile e ribadì il concetto al Franzini: «Lascia perdere le vecchie storie che non ti riguardano. Viola è ambiziosa e ha bisogno di lavorare».

«Con la segretaria di Biffi è stata molto chiara e pure villana, se vuoi saperlo. Quindi ora l'Editore vorrebbe un'alternativa. Hai qualche altra idea?»

«Villana?» Brandi allibì. Viola non era capace di essere villana.

«Sì, hai capito bene. Villana, anzi villanissima».

«Dovevi chiamarla tu. Chissà in che modo quella segretaria le ha esposto la faccenda... Riprovaci altrimenti arrangiatevi. In fondo è un problema vostro. Altri nomi non ne ho».

Alla fine della telefonata il giornalista si sentì svuotato da tutto ciò che non fosse Viola. Ma che cosa le era successo? Il dolore per la fine del loro amore l'aveva così cambiata, rovinata? Doveva saperne di più e chiamò Laura, la sua migliore amica. L'unica persona che Viola aveva messo a parte della loro storia d'amore.

Laura gli rispose con freddezza: «Ciao Paolo».

Lui andò subito al sodo: «Ciao. Ti ho chiamato per avere notizie di Viola».

«Immaginavo, ma io non ne ho e se ne avessi non le passerei a un bastardo come te» disse lei laconica.

«In che senso non ne hai?».

«Nel senso che da allora non ne so più nulla. Mi disse che vedermi le avrebbe ricordato troppo la vostra storia e che si sarebbe rifatta viva lei quando se la fosse sentita. Ho rispettato la sua volontà e ho perduto la mia migliore amica per la tua bella faccia di tolla. Ora scusa ma ho molto da fare. E a non risentirci, tesoro».

7

L'operaio sta lavorando alle serrature e io sono più serena. Ha detto che gli ci vorrà quasi tutto il pomeriggio ma che alla fine il lavoro sarà perfetto. Mentre lui è in casa, mi decido a uscire in giardino.

Il cane se n'è andato, ma ha lasciato le sue tracce maleodoranti proprio vicino alla fontanella. In compenso è riapparso il gatto pezzato che mi si struscia contro le caviglie.

Controllo le case dei vicini: a sinistra c'è una villa bellissima e molto curata, con una grande magnolia. Mi par di ricordare che è di quell'inglese che piaceva tanto allo zio Riccardo. Non riesco a vedere nessuno, ma le imposte sono aperte ed è certamente abitata. Ci divide un muretto nel tratto sulla strada e una siepe di lauro verso il retro. Che il cane sia passato di lì?

Quasi di fronte c'è una specie di castellotto, suddiviso in appartamenti, isolato da un muro abbastanza alto. Le finestre che danno sul mio lato sono tutte aperte e da una di queste, al primo piano, vedo spuntare una sorta di piccolo cannocchiale.

Rientrò di corsa in casa con un brivido. È lui (o lei)? Sta controllando me? Salgo le scale e vado nel salottino al primo piano. Sbircio dalla finestra e mi rassicuro perché quell'occhio indiscreto non è orientato di qui ma su un terrazzo della villa contigua.

Sbadiglio. È la fame. Sono le quattro e ancora non ho mangiato nulla. Quando l'operaio avrà finito dovrò andare a fare la spesa. Lo sento cantare. Speriamo che non perda tempo. Non so perché, ma ora non ho paura. Domani andrò anche alla polizia.

Improvvisamente non sento più l'operaio cantare né il tramestio dei suoi strumenti. Avrà *già finito? Lo raggiungo all'ingresso, ma non c'è. Seguo il corridoio e lo ritrovo nel sottoscala. Indica la cantina e mi fa dei cenni. Bisbiglia che da sotto giungono rumori strani... Evidentemente è imbarazzato perché l'ho scoperto girare a vuoto per casa. Sono costretta ad alzare la voce e a chiedergli di non perdere tempo. Contrito, riprende a lavorare.*

8

«Milord forse non ha notato che Lothar è andato di nuovo a fare i suoi bisogni nel giardino accanto».

Alla voce del maggiordomo, Cunnigham sussultò vistosamente dalla full immersion in un tomo di Storia dell'Arte.

«Lo so, Higgins. È un'abitudine che dovremo togliergli. Sappiamo entrambi che il mio cane non ama sporcare nel suo giardino e che preferisce quello degli altri, ma ora purtroppo quella villa è abitata. Non possiamo fare queste figuracce».

Higgins fece un breve cenno con il capo e aggiunse: «Sarà difficile Milord. Lothar è particolarmente testardo. Forse è meglio rinforzare la recinzione con una rete metallica».

L'inglese si alzò dalla scrivania e si avvicinò alla finestra dello studio proprio mentre un camioncino stava uscendo dal giardino adiacente. Restò per un attimo in silenzio a guardare la manovra, poi alzò un sopracciglio e, girandosi verso il vecchio maggiordomo, rispose: «Sì. Forse è bene isolarci meglio. Chiami subito il giardiniere. A proposito, quando entra nello studio, le dispiacerebbe annunciarsi bussando?».

L'uomo annuì in silenzio e lasciò la stanza, e Cunnigham tornò a osservare la proprietà accanto. La nuova vicina aveva fatto cambiare le serrature dei portoncini e del cancello. Poco prima l'aveva notata fare un giro furtivo in giardino ma non era riuscito a vederla bene in volto e, comunque, non gli era parsa quella gran bellezza che descrivevano in giro. Troppo alta, troppo magra, troppo sciatta.

Spostò l'attenzione alle finestre della casa: erano tutte chiuse. Forse la ragazza era uscita mentre lui era seduto alla scrivania? Impossibile, visto che l'operaio se n'era andato solo ora.

Sarà un tipo scostante e introverso, pensò. Meglio così, concluse, e si avviò in camera da letto per farsi una doccia e cambiarsi d'abito. Quella sera aveva accettato un invito a cena da una coppia di amici, purtroppo.

Un'ora più tardi, guardandosi nello specchio dell'armadio, Cunnigham apprezzò con una punta d'orgoglio lo stile rigorosamente anglosassone del suo abbigliamento. Doppiopetto di panno blu notte (con bottoni piatti color metallo, attenzione, non dorati), camicia a righe larghe azzurro scuro con collo e polsi bianchi abbottonati da gemelli con riproduzioni vittoriane di due teste di bulldog, cravatta regimental con stemma del suo Club londinese, pantaloni di vigogna scura e scarpe marroni con impunture e fibbia laterale.

Cunnigham era sempre stato considerato un bell'uomo anche se non rientrava nei canoni classici dell'avvenenza maschile: molto alto, longilineo e scattante, aveva più che altro il fascino fisico dello sportivo in netto contrasto con i lineamenti nobili e intellettuali della faccia un po' lunga, nella quale convivevano in perfetto equilibrio estetico, l'imprevedibilità degli occhi azzurrissimi, freddi, indagatori, con la sensualità di una bocca da ragazzo.

Un ex biondo ultracinquantenne che, nonostante il carattere ombroso e l'attitudine a vivere solo, piaceva ancora molto alle donne.

Indossò il cappotto di cammello e scese le scale. Salutò Lothar con una pacca sul testone e uscì per raggiungere Higgins già in attesa sulla Bentley.

Mentre aspettavano che si richiudesse il cancello elettrico, scorse la sua nuova vicina arrivare dal fondo della via con due borse del supermercato. L'oscurità non gli permise nemmeno questa volta di vederla bene. Ancora si domandò quando fosse uscita.

Durante il lungo tragitto verso Piazza Borromeo, con fare casuale interrogò Higgins: «Ha già conosciuto la nostra vicina?».

«No Milord, non l'ho neppure intravista. I negozianti e i vicini dicono già che sia un tipo piuttosto schivo».

«Fortunatamente per noi» commentò Cunnigham con un breve sospiro.

«Già. Fortunatamente per noi, Milord. Pare che nessuno l'abbia veduta nemmeno durante il trasloco».

Cunnigham ritenne che fosse giunto il momento di un affondo: «Noi invece l'abbiamo appena incrociata. Era quella spilungona con le sacche del supermercato che per poco lei non ha investito».

«Davvero Milord?» interloquì con scarsissimo interesse il maggiordomo. «Mi permetto di osservare che si tratta di un normotipo nonostante la vedova Tirelli la descriva come una donna di grande fascino».

«Perché? La Tirelli l'ha vista?» insistette curioso il nobiluomo piegandosi in avanti verso l'autista.

Higgins non si stupì dell'insistenza del padrone. Conosceva bene il suo carattere pignolo e viziato, curioso e snob. Ciò che realmente non capiva era l'interesse per un soggetto tanto anonimo. Comunque, fissandolo dallo specchietto retrovisore, gli rispose con sicurezza: «Ma certo che no, Milord. La signora parla per sentito dire perché anche in passato, nessuno ha mai visto la Sandri. Dicono che la signorina venisse a trovare lo zio in orari diversi, a volte a tarda sera. Infatti, nemmeno noi allora l'abbiamo mai incrociata. Per la Tirelli è un modo come un altro per parlare di qualcosa e con chiunque».

9

SECONDO GIORNO

Ho dormito benissimo, blindata in casa dalle mie nuove serrature. Confesso che ieri sera, per sicurezza, mi sono presa un Tavor anche se tutto sommato non ne sentivo il bisogno.

Sono già le nove. Oggi ho molto da fare: devo recuperare il tempo perduto ieri.

Ieri. Mi sembra di aver sognato tutto, e forse è proprio così.

Mi alzo dal letto e apro le imposte. Piove. Non potrò usare la bicicletta. Chi se ne frega? Starò in casa a disfare gli scatoloni.

Mi guardo allo specchio sulla console: le occhiaie sono scomparse. Doccia e caffè? domando a me stessa. Ma certo! Doccia e caffè, mi rispondo con una linguaccia. Sono tornata me stessa. Saluto il dipinto del nonno con un gesto della mano e mi fiondo sotto il getto bollente. L'accappatoio, poi, mi avvolge come un abbraccio.

Sono felice. Sono di nuovo felice.

Accendo il cellulare anche se so di certo che non mi chiamerà nessuno. Ieri sera, prima di andare al supermercato, sono passata da un centro di telefonia in via Vallazze a cambiare la scheda nel caso che lui (o lei) conosca il vecchio numero. Lo stesso ho fatto con la linea fissa. Ho disdetto il contratto e ne ho aperto uno nuovo con numero occulto.

Wow! Sono felice. Sono davvero felice.

Entro in cucina. Mi guardo attorno e non riesco a reprimere una leggera ansia. Niente. Nessun foglio a righe. Sorrido.

Il gatto mi fa le moine dalla finestra. Gli ho comprato del cibo in scatola e glielo allungo sul davanzale in un piattino.

Riempio il bollitore e accendo il gas. Mentre imburro una fetta biscottata penso di aver davvero sognato tutto.

Suona il campanello del cancelletto. Sbircio dalla finestra e vedo una donna corpulenta seminascosta da un volgare ombrellino pieghevole a fiori. È Luisa, l'ex domestica dello zio Riccardo. Scendo le scale leggera come una farfalla, ma quando arrivo alla porta d'ingresso m'inchiodo al pavimento.

Proprio all'altezza dello spioncino appare un foglio a righe di quaderno, attaccato con un pezzettino di scotch.

Anche da lontano riconosco quella scrittura accurata... le mie gambe non reggono più. Inizio a tremare. Non riesco a respirare. Cado a terra e inizio a piangere e a urlare. No no no! Come ha fatto? Da dov'è entrato? Chi è? Mio Dio, chi è?

Il campanello insiste a suonare. Non aprirò a Luisa, non aprirò a nessuno, mai più. Morirò qua dentro di terrore.

O forse dovrei fuggire, subito. Lasciare tutto e fuggire. Ma come?

E se fosse proprio Luisa? Non riesco più a stare in piedi. Continuo a urlare mentre di nuovo torno a strisciare sul pavimento, fino alla porta. Allungo il braccio, stacco il foglio dallo stipite e leggo attraverso il muro delle lacrime:
"DIARIO DI MORTE
Marzo

Buongiorno Viola! So che hai passato una notte tranquilla, tuttavia mi costringi a dimostrarti quanto tutto quello che hai fatto per evitare il tuo Destino mi abbia fatto tenerezza. Sì. Tenerezza. Te l'ho già detto: non puoi fare nulla per tenermi lontano. Ti raggiungerò sempre e ovunque. Ormai sei nelle mie mani. Non bisogna temere il proprio Destino: è tutto scritto. È già deciso. Capisci?

Non pensare di fuggire e, se vuoi un consiglio, nemmeno di chiedere aiuto a chiunque sia. Non cambierebbe nulla. Devi credermi perché ormai faccio parte di te e ti amo.

Rifletti e buona giornata!".

10

Alle otto di mattina Paolo Brandi decise di andare di persona a chiedere notizie di Viola al suo vecchio indirizzo di Corso Como. Quando si trovò di fronte al portone chiuso constatò che fortunatamente il cognome di Viola non era stato ancora sostituito. Senza esitazione, suonò.

«Chi è?» rispose dopo qualche minuto una voce di uomo impastata.

«Sono Paolo Brandi, un giornalista amico di Viola Sandri, la sua padrona di casa. Se mi apre, potremmo fare due chiacchiere».

«Perché?» rispose la voce meno impastata e più sicura.

Brandi, imbarazzato, continuò: «C'è un problema. Stiamo cercando Viola per un lavoro importante, ma abbiamo perso ogni suo riferimento. Abbiamo saputo che ha cambiato casa ma non ha comunicato a nessuno il nuovo indirizzo, lei lo conosce, immagino».

«Certo, ma non sono tenuto a diffonderlo» si arroccò la voce.

A Paolo venne all'improvviso un'idea migliore e decise di non insistere: «Grazie lo stesso per la sua disponibilità e addio».

Non attese eventuali cenni di risposta e si avviò a passo deciso verso la palestra *Conti* all'angolo. Viola era una cliente abituale di quel posto e spesso c'erano andati insieme. Nessuno avrebbe avuto da ridire sulle sue domande.

Alla reception, infatti, l'impiegata lo accolse con grande cordialità: «Dottor Brandi! Come sta? Da quanto tempo non la vediamo!».

«Sto benone, grazie, e voi? Viola è già arrivata?» accennò lui con un largo sorriso.

«Oh, che gioia! Viola sta per venire qui? Aveva detto che dalla sua nuova casa in Città Studi avrebbe avuto più difficoltà a frequentare la palestra. Si è spostata da pochi giorni laggiù ma è da più di un mese che non la vediamo».

Brandi glissò e le propose di telefonare alla ragazza per capire se fosse già uscita di casa. La receptionist controllò il numero nell'archivio davanti a sé e lo compose al telefono.

«Mi dispiace, risponde un disco che avverte dell'indisponibilità del collegamento» riferì la giovane con uno sguardo deluso. «Forse Viola ha cambiato contratto. Ma se avete un appuntamento, sicuramente starà arrivando. Lo vuole un caffè mentre aspetta?».

Paolo non avrebbe potuto chiedere di meglio e, mentre lei gli girò le spalle per attivare l'erogazione della bevanda dalla macchinetta, lui poté sbirciare nell'archivio: *"Viola Sandri, Via Caccianino 8H"*.

E voilà! Trangugiò il caffè bollente e, con la scusa di uscire a fumare una sigaretta, volò di fuori.

Alessio Franchetti depose la cornetta del videocitofono e pensò che forse avrebbe dovuto essere più disponibile nei confronti del visitatore alla ricerca di Viola. Guardarlo in faccia, parlargli. Conoscerlo. Ma il suono sgradevole di quell'affare l'aveva colto nel pieno del sonno più profondo e, con un risveglio tanto traumatico, gli era stato inevitabile lasciarsi sopraffare dall'introversione.

Prima di cercare la sua padrona di casa, si corroborò con caffé solubile, latte e corn flakes. E dopo qualche minuto, riacquistata tutta la presenza di spirito, le telefonò.

L'apparecchio inviò subito la voce registrata di un disco che comunicava il cambio con un numero non disponibile. Provò sul cellulare e il risultato fu identico. Franchetti non si scompose e rimandò a più tardi il problema. Si avviò verso il bagno.

Quella casa era piccina ma confortevole. Ci abitava da soli due giorni eppure si sentiva a proprio agio, come ci vivesse da anni. Quasi come l'avesse fatta lui per se stesso. Riempì la vasca di acqua bollente, vi aggiunse i sali tonificanti e ci si immerse con il massimo del godimento.

Non aveva capito chi fosse quell'uomo e cosa volesse esattamente da Viola, ma tutto sommato a lui cosa poteva importare? Di contro dovette ammettere che per lei avrebbe potuto essere qualcosa d'importante. Ebbene, visto che la Sandri si era resa irraggiungibile, sarebbe andato a cercarla di persona anche se non aveva piacere d'incontrarla.

Quella ragazza non gli era particolarmente simpatica. L'aveva conosciuta a Roma, a casa di amici musicisti e proprio in quell'occasione lei aveva raccontato del cambio di casa, dell'emozionante eredità della villa di famiglia e della necessità di affittare al più presto l'alloggio di Corso Como. Il resto era poi avvenuto molto in fretta: lui le aveva detto di essere molto interessato al suo appartamento visto che avrebbe dovuto trasferirsi per un po' a Milano e Viola, d'impulso, glielo aveva offerto. In seguito, si erano incontrati per definire il contratto.

«Ma non t'interessa vedere la casa? Forse per le tue abitudini è troppo piccola» gli aveva domandato lei con uno sguardo troppo acquoso e vagante, per i gusti di Franchetti.

Nel salotto di quegli amici romani, lui si era fatto l'idea che Viola fosse una donna indubbiamente interessante, molto sensuale, che piaceva troppo ai maschi ma, probabilmente, piena di sé. A lui no, non era piaciuta anche se, a dire il vero, erano ben poche le donne che lo facevano vibrare. O meglio, c'erano ben poche cose al mondo che lo facevano vibrare. Ogni tanto, vibrava un po' per se stesso, questo sì.

Si piaceva molto e, in certi casi, moltissimo al punto che anche un amico analista gli aveva confessato di sentirsi un po' spiazzato dal suo macro-ego.

Dopo mezz'ora si costrinse a uscire dalla vasca, si avvolse un asciugamano attorno ai fianchi flaccidi e iniziò a preparare il sapone da barba nella ciotola di alabastro sul ripiano del lavello.

Si osservò con attenzione allo specchio, pronto ad affrontare invece uno dei momenti in cui si piaceva pochissimo, anzi per niente. Guance butterate, occhi piccoli e incolori, labbra piegate all'ingiù.

Ancora una volta considerò che non avrebbe mai potuto farsi una ragione dell'insulsaggine dei suoi tratti somatici. Ecco perché questo lungo soggiorno a Milano avrebbe costituito una tappa decisiva della sua esistenza.

No, né quel giorno né mai avrebbe avuto tempo di andare a cercare Viola o, più semplicemente, non ne aveva e non ne avrebbe mai avuto la minima voglia. Per questo decise di mandarle un telegramma.

11

Non posso più aspettare. Devo andare alla polizia. Avrei dovuto farlo subito. Qualcuno mi aiuterà. Qualcuno sorveglierà la villa di notte. Mi vesto con rabbia senza guardare cosa indosso. Non mi trucco né mi pettino. I miei capelli sembrano una foresta di aceri d'autunno e sotto gli occhi mi sono ricomparse due terribili ombre blu. Ho le labbra secche e tremo come se avessi la febbre alta. Riunisco i due fogli a righe e li caccio nello zaino. Indosso la cappa impermeabile da bicicletta e gli occhiali da sole più scuri che ho, apro il portoncino e guardo fuori con terrore.

Dove sarà? Mi starà spiando? Starà ridendo di me? Ha deciso di seguirmi?

Non posso pensare. Non devo pensare se non voglio morire. Decisa, mi butto sotto la pioggia e lascio sbattere il portoncino. Luisa, la grassona che ha suonato poco fa, se n'è andata. Inforco la bici ed esco dal cancelletto sulla strada. Il distretto di zona è quello di via Feltre. Ci sono già stata per comunicare il cambio di residenza. Non mi ci vorrà molto. Imbocco via Porpora pedalando con foga. Sento l'acqua entrare da ogni minima fessura, aiutata da un vento gelido e impietoso.

Arrivo all'ingresso completamente inzuppata, e chiedo all'agente di guardia il nome di un commissario in servizio alle "Denunce".

Lui vuol sapere che tipo di problema devo sottoporgli.

Rispondo spazientita che intendo parlare soltanto con un commissario, che la faccenda ha carattere d'urgenza e che è piuttosto grave.

Forse capisce che sono annientata dal panico perché mi accompagna lungo il corridoio fino all'ufficio del commissario capo Taddei. Maurizio Taddei. Un uomo di età indefinibile. Grande, disadorno, calvo e con occhi opachi da miope. L'apparenza di low profile non m'inganna: intuisco una notevole grinta dal suo modo di intrecciare le dita sulla scrivania e dalla linea aggressiva delle sue labbra sottili.

Racconto tutto, senza interruzioni. Le parole mi escono quasi da sole. I miei capelli gocciolano sul tavolo e sulle mie guance insieme a lacrime silenziose, indipendenti.

Non colgo cenni di pietà né di cedimento nello sguardo di Taddei, ma semmai di diffidenza mentre valuta i due fogli a righe scritti a mano da lui (o da lei). Alla fine del mio monologo, mi domanda soltanto come spiego che le date sui fogli non corrispondono a quella in corso. Indica il calendario alle sue spalle con un cenno: oggi è il 16 di novembre.

Non so che dire. Non ci avevo fatto caso ma senza capire perché, mentre mi guarda in silenzio, mi sento a disagio.

Chiama un collega della Scientifica e gli passa i fogli per la rilevazione delle impronte digitali. Prima di andarsene, l'altro poliziotto rileva anche le mie.

Stendiamo una vaga denuncia contro ignoti, e chiedo a Taddei cosa pensa di fare.

Mi risponde che questa notte farà pattugliare la casa e la via ma non mi sembra per nulla convinto.

Gli chiedo se svolgerà indagini fra i miei vicini di casa.

Dice subito di no. Per ora no. Continua a osservarmi come una bestia rara.

Pensa che sia una pazza alla ricerca di un quarto d'ora di popolarità? Pensa che quelle minacce le abbia scritte io? Qualunque cosa pensi ha deciso che il nostro colloquio è finito.

Si alza e mi offre la mano. Mi dice di star tranquilla che certamente stanotte sarò sorvegliata.

Mentre sto per andarmene, rientra il tipo della Scientifica e naturalmente conferma che sui reperti appaiono soltanto le mie impronte digitali.

12

Lothar, come quasi tutti i bulldog, non amava per niente la pioggia e per Cunnigham diventava uno vero strazio vestire il cane d'impermeabile e guinzaglio e convincerlo a uscire - bisogna provare a spostare di un millimetro un bulldog intestardito per poter capire. Nei giorni piovosi dunque, il consueto giro fino al recinto di piazza Piola andava a pallino. Il cane infatti, finalmente in strada, si affrettava a espletare i propri bisogni (piuttosto a disagio di trovarsi così esposto) e, subito dopo, ritornava di corsa verso il cancello di casa, trascinando il padrone con la forza di un toro. Infine, se ne restava immusonito per ore, con l'espressione inequivocabile di chi ti sta dicendo: «Questa cazzata proprio non me la dovevi fare».

Fu nel momento peggiore della performance, con il cane inchiodato a mezzavia fra il cancello e la strada, che l'inglese venne interpellato da Paolo Brandi.

«Mi scusi, lei sa dov'è il numero 8H?».

Bagnato fradicio e con il corpo piegato ad angolo retto in tensione univoca con il guinzaglio di Lothar, Cunnigham squadrò il tipo con spocchia squisitamente inglese e rispose un po' ansimante dallo sforzo: «Io abito al 6, quindi l'8H dev'essere una delle ville a fianco, alla sua sinistra».

Il giornalista non fece caso al tono scostante dell'altro e continuò: «Il fatto è che i numeri non sono visibili. Ma... lei mi sembra in difficoltà. Vuole una mano?». Senza attendere risposta si attaccò anche lui al laccio doppio di Lothar e iniziò a tirare. In due tutto fu più semplice e, in pochi attimi, l'incredulo bestione si trovò piazzato come un comodino due metri avanti.

La cosa fece piuttosto colpo sull'inglese che si sentì subito meglio disposto verso il suo interlocutore. «In questa stagione i giardini sono poco curati e le siepi coprono i numeri civici e i nomi delle ville. Lei chi cerca?».

«Cerco la signorina Viola Sandri. So che abita qui da qualche giorno».

Cunnigham non poté nascondere un'espressione di curiosità e, con gli occhi fissi su Brandi, affermò d'un fiato: «Allora la posso aiutare. La signorina abita proprio accanto a me, in quella villa».

«Grazie, lei è molto gentile» lo blandì Brandi.

«Mai come lei!» gli rispose con ironia l'inglese.

Il giornalista si girò sorridendo e pigiò il campanello di *"Villa Sandri"*.

Lothar, molto offeso, non si era ancora deciso a fare quello che doveva fare, così Cunnigham ebbe tutto il tempo di verificare che l'iniziativa del giornalista andò a vuoto. Viola Sandri non era in casa.

Realizzò allora che la ragazza doveva essere uscita molto presto. Addirittura mentre lui dormiva ancora perché appena alzato, esattamente alle otto e trenta, aveva subito raggiunto la finestra per controllare i movimenti della sua vicina. E non aveva visto nulla. Si accorse solo in quel momento, allungando il collo, che in giardino mancava quella caffettiera della sua bicicletta e lo riferì al Brandi mentre questi stava tornando sui suoi passi. Poi, stupito di se stesso, si sentì domandare a quell'uomo: «Desidera aspettarla da me? Le posso offrire un tè». L'altro non si fece di certo sfuggire l'occasione e accettò di buon grado.

Il danno era fatto. E per di più, Cunnigham non ebbe neppure il tempo di pentirsene perché il suo cane, avendo deciso che fosse giunto il momento di rientrare, al solito partì come una palla di cannone trascinandoselo appresso.

All'interno della casa, i due uomini si presentarono e si accomodarono in biblioteca dove Higgins servì tè inglese e pasticcini del *Taveggia* davanti a un confortevole caminetto acceso.

Brandi raccontò in breve a Cunnigham il motivo che l'aveva spinto fin lì a cercare Viola e, dopo pochi minuti, fra i due si era instaurato un clima talmente idilliaco che per un pelo il giornalista non si trovò a confessare il suo amore insoluto per la ragazza e la violenta preoccupazione che gli provocava la sua apparente scomparsa.

Ma l'astuto inglese capì da solo che gatta ci covava e attese con pazienza l'arrivo di Viola per verificare dal vivo le sue sensazioni. E non dovette aspettare molto. Alle dieci circa, dalla sua postazione preferita davanti al fuoco, Lothar alzò il muso con uno scatto, puntò lo sguardo alla finestra e iniziò ad abbaiare con potente voce di basso. Segno inequivocabile di movimenti anomali nei pressi di casa.

Senza una parola, i due uomini si precipitarono alla finestra, giusto in tempo per vedere rientrare la Sandri. L'inglese fece un cenno con la mano al nuovo amico come per incitarlo ad andare e, curiosissimo, se ne restò alla finestra in muta osservazione. Un attimo dopo poté scorgere i due fronteggiarsi.

Lei pareva sconvolta dalla visione dell'uomo e infine Cunnigham riuscì a vedere bene il suo viso, con il mento a punta spinto verso l'alto con veemenza.

Una donna stupenda pensò, paragonabile a un dipinto fiammingo. Un volto bianco, intenso e minuto, spruzzato di lentiggini, invaso da due occhi spiritati color del bronzo e schiaffeggiato da lunghe serpentine fiammeggianti che fuoriuscivano ribelli dal cappuccio della cappa impermeabile.

Per la prima volta dalla morte di sua moglie cinque anni prima, Cunnigham fu letteralmente stregato dalla visione di una donna. Avrebbe voluto correre a consolare quella ragazza strana e sola, ambigua e misteriosa, ma restò così, a guardarla imbambolato, con i palmi delle mani poggiati al vetro della finestra finché non vide i due entrare in casa con la sensazione che il portoncino di *"Villa Sandri"* gli fosse stato sbattuto proprio in faccia.

13

Torno a casa abbacinata, senza più la capacità di capire nulla. Sono zuppa e infreddolita. Apro il cancelletto e mentre spingo la bici dentro il giardino vedo arrivare Paolo correndo dalla villa accanto, quella con la magnolia.

Ma che ci fai qui? Cosa vuoi da me? gli grido con rabbia. Come hai fatto a trovarmi?

È imbarazzato. Tenta di spiegarmi che è preoccupato per come ho trattato l'editore Biffi e del fatto che nessuno sa più nulla di me.

Gli dico che lui è proprio l'ultima persona al mondo che dovrebbe sapere qualcosa della mia vita. Lo guardo e mi sembra ancora più alto. E ancora più bello: ha la barba non fatta, i capelli lunghi e gli occhi tristi. Non voglio farlo entrare, non voglio dirgli nulla.

Per un attimo mi domando: e se fosse lui?

Sì. Potrebbe davvero essere lui. Per farmi diventare pazza, perché non può avermi, perché mi vuole morta. Ti ucciderò, mi ha detto una volta mentre facevamo l'amore. Ti ucciderò piuttosto di saperti con un altro.

Anche la passione più prepotente soccombe alla paura e ora lui mi fa paura.

Insiste. Andiamo in casa. Ti devo parlare.

Quando siamo dentro gli dico che deve restare lì dov'è, in piedi nell'ingresso, e soltanto per pochi minuti.

Lui dice che non sembro più io. Che sono sciupata, che sembro un cane braccato, che qualcosa mi fa male. Mi chiede che cosa.

Gli rispondo che non sono fatti suoi e che sto benissimo purché lui stia il più lontano possibile da me. Sto tremando. Ho paura. Ho paura di lui e lui lo capisce.

Tu stai male Viola, mi sussurra.

Sentirgli pronunciare il mio nome mi ferisce. Vattene ora. Sto di nuovo gridando e per poco non sento suonare il campanello.

Apri. Apri, Viola. C'è qualcuno alla porta.

Guardo dallo spioncino e vedo un uomo in tuta. Mi assale un'ondata di panico e le mie mani continuano a tremare mentre afferro la maniglia. Paolo non perde ogni mia mossa.

L'uomo è un operaio della ditta di serrature che ho chiamato ieri. Dice che è venuto personalmente perché il mio numero di telefono non risulta più attivo e mi chiede a che ora se n'è andato ieri il suo collega.

Alle sette, rispondo, perché?

Perché non è mai più tornato, né al lavoro né a casa e non è stato ritrovato nemmeno il suo furgone.

È l'orrore, è l'incubo, è l'inferno. Mentre l'operaio se ne va, mi accascio sull'ultimo gradino della scala e mi stringo la testa fra le mani.

Che succede Viola? Che ti succede? Che storia è questa dell'operaio scomparso? mi chiede Paolo chino su di me, con la voce bassa come un sospiro.

Vattene via subito, grido. E non tornare mai più.

Se ne va. Capisce di non poter fare altro.

Non tornerò se non vuoi, ma ti manderò un medico, stanne certa, dice chiudendosi la porta alle spalle.

14

La pioggia s'era fatta meno invadente. Con le mani affondate nelle tasche e il capo chino, Paolo Brandi si ritrovò in strada. Sconvolto. A dir poco. Con l'animo pieno di sensi di colpa.

Quando frequentava Viola, quasi non parlavano. L'amore fra loro sembrava più un modo per divorarsi, per possedersi e per annullarsi l'uno nell'altra nei pochi attimi che avevano a disposizione.

Ricordò una sera d'estate, quando sua moglie era già in vacanza con i bambini. L'unica volta che con Viola aveva rischiato una pizza in un locale fuori città, verso Paullo, dove nessuno di comune conoscenza avrebbe potuto incontrarli insieme. Quella sera si erano raccontati qualcosa delle loro vite, ma lui non riusciva ad afferrare molto delle parole di lei: era totalmente perso nell'incantevole visione di Viola sorridente e felice.

Il colore dei suoi capelli, il rossore diffuso sulle sue guance, i lampi dorati dei suoi occhi vincevano anche la terribile illuminazione al neon di quel ristorante. Lui si era lasciato inebriare al punto di non poter mandar giù un boccone. Cercava le sue dita lunghe, beveva la sua voce un po' roca... E invece, avrebbe dovuto prestare più attenzione ai suoi sentimenti così discreti.

Non aveva mai capito quanto fosse fragile perché lei gli aveva sempre comunicato la sensazione opposta.

Solo ora capiva: lui l'aveva sempre considerata una persona forte, al centro dell'universo, soltanto perché lei era al centro del *suo* universo, perché lei rifletteva la forza del *suo* amore. Non aveva mai preso davvero in esame la donna che amava così profondamente, ma soltanto se stesso.

E ora Viola è malata, si disse. Molto malata.

«L'ha trovata?». La voce di Cunnigham scosse Paolo dai suoi pensieri e l'inglese gli si materializzò al fianco dal nulla.

«Sì, grazie» rispose il giornalista sottotono.

«...ma non sembrerebbe con grande successo. Oh, mi scusi. Forse la sto importunando e, soprattutto, non sono fatti miei». Cunnigam buttò l'amo e restò in attesa di un cenno da parte dell'altro che non tardò ad arrivare. Era piuttosto evidente che il tipo avesse bisogno di una spalla per piangere.

«Ma si figuri, anzi. Sono molto preoccupato. La mia amica è in preda a una crisi isterica. Si è isolata da tutti, è barricata in casa, rifiuta di lavorare e di vivere, ha paura anche della sua ombra». Brandi si accorse di non poter più arginare il suo sfogo: «A lei mi sento di dirlo, forse perché è uno sconosciuto, ma vede io sono pazzo di lei. L'ho amata dal primo momento...» E, da lì, la sua confessione tracimò come un fiume in piena, interrotta a tratti da qualche singulto di pianto strozzato sul nascere.

Nonostante fosse attentissimo al racconto dell'uomo, Cunnigham notò che qualcuno li stava spiando da una finestra dell'appartamento del cardiologo dall'altra parte della via (quella pettegola della moglie?).

«Venga da me. Lei è stravolto e ci stanno osservando». Afferrò Brandi per un braccio e lo condusse di nuovo nella sua biblioteca.

«Vuole un brandy?» gli domandò premuroso quando furono seduti. L'altro fece un cenno d'assenso con il capo sempre chino. «Grazie» sussurrò ingoiando il liquore in un'unica boccata, e subito riprese a parlare del suo amore per Viola come lo speaker di un notiziario.

Si congedarono dopo quasi un'ora, anche se lo stato di Brandi non era molto migliorato.

«Cerchi di star tranquillo e mi chiami se ne sente il bisogno» gli disse apparentemente paterno l'inglese. In realtà non ne poteva più di quella lagna e aveva fretta di tornare in studio per poter controllare Viola. Ormai sapeva molte, molte cose di lei.

15

Non c'è niente da fare. Ha ragione lui (o lei). Non posso fare nulla perché mi controlla da non so dove.

Sa tutto di me. Conosce ogni mio gesto. Ora possiede anche i codici delle nuove serrature, perché ha certamente ucciso quel poveretto.

Quando ha finito il lavoro e l'ho pagato, lui ha detto che usciva dalla porta sul retro, per recuperare il furgone. Non l'ho accompagnato né l'ho visto uscire.

Forse lui (o lei) l'aspettava all'angolo. Gli ha chiesto qualcosa? Un passaggio?

E se invece il mio persecutore fosse stato proprio l'operaio? Ripenso al suo viso anonimo e mi convinco che è impossibile.

Sto impazzendo, ma non voglio lasciare questa casa. Non devo lasciare questa casa.

Chiamerò subito Taddei e gli racconterò quest'ultimo episodio.

Ma prima di tutto chiuderò a chiave ogni stanza dei piani superiori. Da questo momento vivrò al pianterreno. L'unica cosa che posso fare ora è limitare lo spazio all'accesso del mostro. Mi sembra una buona idea.

Quasi correndo, raggiungo il secondo piano. Una per una chiudo le imposte delle finestre e poi la porta di ogni stanza portandomi via le chiavi. Le unisco in un mazzo annodato a uno spago e poi me lo lego attorno al collo. Passo al primo piano e faccio la stessa cosa. Torno al pianoterra e faccio il giro di ogni locale. Lo studio, il soggiorno, la sala da pranzo, la cucina, il guardaroba, il bagno di servizio. Cinque stanze. Sono troppe.

Chiudo lo studio, il soggiorno e la sala da pranzo. Guardaroba, cucina e bagno mi saranno più che sufficienti. Chiudo con le imposte e il chiavistello anche le finestre e la portafinestra della cucina, le finestre del guardaroba e la porta della cantina sotto la scala. Rimangono aperte soltanto le due finestre dell'ingresso e quella del bagno.

Controllo che il portoncino sia sbarrato e metto in funzione anche il codice dell'allarme sonoro. Ok.

Cerco il biglietto da visita di Taddei nello zaino e compongo il numero di telefono. Risponde subito. Si ricorda benissimo tutto del nostro colloquio di questa mattina.

Gli racconto della visita di Paolo e del collega dell'operaio venuto ieri a cambiare le serrature.

Mi ascolta con attenzione, in silenzio. Poi mi chiede se ho dei sospetti. Una domanda idiota, penso. Gli rispondo che sospetto di tutti, quasi quasi anche di lui.

Prende nota delle credenziali di Paolo e mi chiede dov'è la sede della ditta dell'operaio perché intende contattare il distretto di polizia di quella zona per verificare se è già stata fatta denuncia della sua scomparsa.

Gli chiedo cosa devo fare.

Nulla, risponde lui. Lasci fare a noi e cerchi di star tranquilla. Come le ho detto, questa notte pattuglieremo la sua casa.

16

Per tutto il pomeriggio Brandi fu obnubilato dal pensiero di Viola. Cosa l'aveva ridotta in quello stato? Non poteva credere che il suo malessere fosse da imputare alla fine della loro storia, o forse non voleva crederlo. Prima di tornare a casa, dal giornale richiamò Laura. «Sono Paolo. Aspetta, non sbattermi giù la cornetta... devo dirti una cosa importante» il giornalista anticipò così, con tono pietoso, l'eventuale reazione violenta dell'amica di Viola.

«Che vuoi ancora? Ti ho già detto che non so più nulla di lei» rispose la ragazza con insofferenza.

«L'ho vista. L'ho vista stamattina e sta malissimo».

«Ti credo!» lo interruppe subito lei.

«Forse non hai capito: Viola sta male, molto male. Vive sprangata in casa, ha paura di qualcosa o di qualcuno. Ho la sensazione che stia vivendo un dramma che non riguarda per nulla il nostro passato, ma ovviamente con me non ne vuole parlare. Dobbiamo aiutarla. Devi aiutarla almeno tu. È sola, non vede più nessuno, non lavora... forse di te si fida ancora».

Laura tacque per qualche istante, pensierosa. E quando riprese a parlare, nonostante la durezza dei concetti che esprimeva, a Paolo sembrò più malleabile: «Tu non conosci bene Viola, non hai mai voluto conoscerla. L'hai soltanto usata, hai usato il vostro amore per dimenticare il tuo squallido matrimonio. Viola è fragile, ipersensibile. Sicuramente non sai che è stata in cura per anni prima di conoscerti».

«In cura? Che genere di cura?» ribatté lui sempre più stranito.

«Psichiatrica, per un forte esaurimento nervoso che le procurava crisi di panico, manie di persecuzione e gravi episodi d'isterismo». La donna confessò senza remore, perché se in quel momento Viola stava soffrendo come allora, non c'era alcun motivo di tacere.

Il silenzio di Paolo fu rotto da un singhiozzo e lei continuò: «Sì, ora andrò a cercarla. Ieri quando mi hai telefonato, l'ho chiamata subito ma a casa sua risponde un certo Alessio Franchetti, il nuovo inquilino di Corso Como. Lui mi ha dato il suo nuovo indirizzo, ma mi ha anche detto che il numero di telefono è occulto. Dunque dovrò trovare il tempo di andarci di persona. Non sapevo che Viola avesse cambiato casa».

Paolo non dette importanza all'improvvisa disponibilità del Franchetti. Gli premeva di più approfondire meglio cosa avesse mai tormentato psicologicamente Viola: «Nemmeno io sapevo che avesse traslocato. Dopo la morte di suo zio, pare sia andata a vivere nella casa di famiglia. Comunque, conosci il nome del medico che l'aveva in cura? Forse ora ci potrebbe essere d'aiuto».

«Sì, lo conosco perché ce l'ho mandata io e qualche volta l'ho anche accompagnata. Si chiama Collini. Professor Alessandro Collini. Ha lo studio in via Moscova 27. Puoi trovare il suo numero di telefono sulle guide della città. Fammi sapere qualcosa, mi raccomando».

Anche Laura ora sembrava in ansia e Paolo le rispose in un bisbiglio: «Anche tu. Se la senti telefonami subito. E... Laura, grazie».

«Non ci sperare bello. Lo faccio solo per Viola» rispose lei chiudendo di netto la comunicazione.

Dopo lo sbarramento quasi totale delle imposte della sua vicina, gli angoli di visuale di Cunnigham si erano piuttosto ristretti. Oltre al portoncino infatti, l'uomo riusciva a vedere di sguincio soltanto una finestra sul davanti della villa.

Di Viola nessuna avvisaglia di vita. Nonostante ciò, l'inglese restò alla finestra dello studio per più di due ore, finché vide il bulldog sconfinare attraverso la siepe verso l'angolo preferito del giardino a fianco per la deposizione dei suoi bisogni.

Accidenti! Cunnigham si attaccò al campanello interno e Higgins accorse prontamente.

«Ha bisogno, Milord?» domandò il domestico con un breve inchino.

«Lothar è tornato a sporcare di là» rispose lui nervoso. «Che facciamo?»

«Desidera che vada a recuperarlo?».

Cunnigham parve riflettere e poi disse: «No. Ci andrò io stesso. Credo di dovere delle scuse alla signorina Sandri. Mi porti, per favore, impermeabile e cappello».

L'inglese si stupì di trovare aperto il cancelletto di *"Villa Sandri"*. Entrò in giardino e pigiò il campanello del portoncino con un inspiegabile batticuore. Non udì alcuna risposta ma *sentì* di essere osservato dallo spioncino. Si avvicinò alla porta e risuonò.

Di nuovo silenzio. Eppure, al di là dell'uscio, Viola lo stava guardando, ne era certo. Gli pareva addirittura di udire il suo respiro affannoso.

Così si decise a parlarle e alzò di qualche tono la voce: «Mi scusi, sono il suo vicino. Mi chiamo Lester Cunnigham. Purtroppo devo chiarire lo spiacevole comportamento del mio cane che in questo momento si trova nel suo giardino».

Dall'interno della casa, gli giunse finalmente la voce concitata della ragazza: «La prego, se ne vada. Non m'importa nulla se il suo cane sporca nel mio giardino. Mi lasci in pace. Lasciatemi tutti in pace».

Sconcertato, Cunnigham stava per andarsene quando imprevedibilmente udì il suono secco del chiavistello scattare e vide il portoncino aprirsi in una fessura larga una spanna. Il viso allucinato di Viola gli apparve incorniciato da quell'esiguo spazio: «Perdoni, ma non sto bene. Sono influenzata e non posso uscire. Recuperi pure lei il suo cane».

«Posso fare qualcosa, signorina?» le domandò. «Se desidera posso mandarle il mio cameriere con qualcosa di caldo».

«Grazie, lei è davvero gentile, ma ho soltanto bisogno di stare a letto. Buonasera».

La porta si richiuse con tre scatti. Cunnigham, rassegnato, girò l'angolo della villa e individuò subito Lothar in posa indubbia dietro la fontanella di ghisa.

17

Per fortuna, nel guardaroba c'è un letto a una piazza e mezza come quello che avevo in Corso Como. Una volta ci dormiva la cameriera. Inizio a prepararlo per la notte e sento suonare il campanello. I brividi incoercibili che da ieri mi affliggono, aumentano subito e rimbalzano direttamente nel mio cuore.

Raggiungo lo spioncino e vedo un uomo di mezza età, molto elegante, alto e magro.

Chi è? Di certo non un poliziotto.

Ho paura. Non rispondo. Lui risuona e poco dopo inizia a parlare con un forte accento inglese. Mi dice che si chiama Cunnigham e che è il mio vicino di casa, il padrone del bulldog che viene a sporcare da me. Ha una voce rassicurante. Si scusa.

So chi è. Lo zio Riccardo ne parlava spesso. Lo definiva una persona perbene. È proprio lui che abita nella villa con la magnolia.

All'inizio lo tratto male e lo caccio via. Non m'importa un fico secco delle cacche del suo cane.

Poi mi pento. Ma perché mi pento? Forse inizio a sentirmi troppo sola. Mi scuso anch'io. Gli dico che sono influenzata, che non posso uscire, che recuperi pure il suo cane.

Mi chiede se ho bisogno di qualcosa. Se vuole le mando il mio cameriere, aggiunge.

È la prima persona che non mi dà sui nervi, ma continuo a non fidarmi.

Voglio solo stare a letto, gli rispondo e poi gli chiudo la porta in faccia.

Lo spio dalla finestra mentre allaccia il cane al guinzaglio e torna sulla strada. Ha un'aria intellettuale, distaccata, affascinante. Forse lui mi crederebbe. Forse lui mi aiuterebbe.

E se invece proprio questa sua aria confortante fosse lo schermo della sua pazzia? E se fosse proprio lui il mio persecutore? La sua villa è attaccata alla mia. Potrebbe controllare facilmente ogni mio movimento.

Suona il telefono. È il commissario Taddei che, naturalmente, non ha problemi a rintracciare un numero di telefono occulto. Mi chiede come sto.

Come vuole che stia? Rispondo sgarbata.

Non raccoglie e mi comunica che la pattuglia inizierà fra un'ora e continuerà fino a domattina alle sei.

Gli rispondo che non aspetto altro e riappendo.

18

Sua moglie, in cucina, stava mescolando il risotto con il piccolo al collo e Cecilia fra le gambe. Non c'è che dire: la vita è complicata anche per lei, pensò Paolo. Le sfiorò una guancia distratto, e le sfilò Pietro dalle braccia.

«Fra poco è pronto. Cerca di metterlo a letto, oggi è scatenato» disse lei.

«Devo fare una telefonata urgente» le gridò lui dalla stanza accanto. Il numero telefonico l'aveva cercato in redazione poco prima. Gli rispose una voce femminile.

«Posso parlare con il professor Collini?».

«Il professore sta visitando. Chi parla?» puntualizzò la donna.

«Mi chiamo Paolo Brandi e sono un giornalista».

«Se è per un appuntamento può dire a me».

«Sì, certo. Ma è piuttosto urgente».

«È per un'intervista o per una visita?» indagò la segretaria.

Paolo s'innervosì: «Senta, si tratta di una faccenda personale e piuttosto delicata che riguarda una mia amica, una paziente del professore. Mi dica soltanto quando posso incontrarlo al più presto».

«In questo caso è meglio che prima vi parliate. Mi lasci il suo numero di telefono. Al termine dell'ultima visita il professore la richiamerà».

Paolo posò la cornetta e si accorse con tenerezza che Pietro si era addormentato nelle sue braccia. Lo portò in camera, lo sistemò nel lettino e raggiunse Emma in cucina. Il risotto fumava nei piatti e lei gli sorrise come la modella di un famoso spot di dadi vegetali. Perfetta con la gonnellina a pieghe al ginocchio, gemelli di cachemire pastello, décolletées Chanel (ma come farà a portarle tutto il giorno in casa? si chiese ancora una volta lui) e taglio sfilato dei capelli mèchati appena messi in piega.

Il simbolo della moglie bon ton. Altezza media, taglia 42, gambe da collegiale, occhi blu, cognome risonante, nome ereditato dalla nonna ricca e cultura stereotipata da brava ragazza milanese, ex alunna delle *Orsoline*.

Ma perché mai l'aveva sposata? Era l'estremo opposto di Viola, pensò con un disperato rigurgito di passione per l'altra.

Durante la cena parlarono di nulla, come sempre.

«Ha piovuto anche oggi».

«Già».

«Com'è andata al giornale?».

«Solito».

«All'asilo di Cecilia hanno cambiato la maestra».

«Ancora? E com'è la nuova?».

«Non so, caro. La incontrerò dopodomani».

Irrazionalmente Paolo si domandò se Emma avesse mai sospettato il suo momento di follia per Viola. Per fortuna in quell'istante il telefono suonò. Le fece un cenno per dire che avrebbe risposto lui dallo studio.

«Sono Alessandro Collini. È lei Paolo Brandi?». Voce nasale e trascinata.

«Sì, professore, sono io. Ho molta urgenza di parlarle».

«Mi accennava Carmen, la mia segretaria, che si tratterebbe di qualcosa che riguarda una mia paziente. Lei saprà che il vincolo del segreto professionale m'impedisce qualunque possibilità di colloquio senza il consenso della mia assistita».

Paolo considerò fra sé che Collini sembrava quasi annoiato. «Conosco benissimo il problema. Il fatto è che la ragazza in questione al momento sta molto male e penso che lei sia l'unica persona che la possa aiutare».

«Chi è?» gli domandò il medico.

«Viola Sandri» rispose lui abbassando la voce.

«Viola… capisco. Capisco. Venga da me domani a mezzogiorno. Vedremo cosa si può fare».

Chiusa la telefonata, Paolo si sentì più leggero. Allungò le gambe sotto la scrivania e si passò una mano fra i capelli ricci con un lungo sospiro. Poi, con gesto meccanico, compose il numero di Cunnigham.

«Hallo?». L'inglese rispose al secondo squillo, personalmente. In sottofondo si poteva udire un brano del *Flauto magico* di Mozart a volume altissimo.

«Lester? È lei? Sono Paolo Brandi» urlò il giornalista temendo di non essere udito.

La musica si abbassò all'istante e l'inflessione straniera di Cunnigham si esibì in un elegante: «Oh yes. Sono io. Che succede?».

«Può ricevermi domani dopo le due? Devo parlarle».

«Naturalmente, amico mio. È prevista ancora pioggia abbondante, dunque rinuncerò senz'altro agli appuntamenti del pomeriggio. L'aspetto».

19

TERZO GIORNO

Sono sveglia dalle cinque. Ora sono le otto.

Nonostante il Tavor non sono riuscita a chiudere occhio se non per un'ora scarsa. Mi sono alzata dal letto ogni dieci minuti per controllare la pattuglia di polizia che, come mi aveva assicurato Taddei, ha stazionato davanti alla villa fino alle sei.

Avrei dovuto tranquillizzarmi e invece... forse mi ha sballato il fatto di aver rivisto Paolo, anche se la sensazione più forte che provo con lui è la paura.

Nel bagno di servizio non c'è doccia e sono costretta a fare un bagno veloce nel piccolo, scomodissimo, semicupio.

Mi vesto e vado in cucina per il caffè. Sono stanchissima. Mentre attraverso l'ingresso suona il campanello.

Guardo dallo spioncino. È il postino. Titubante, gli apro ma per sicurezza lascio inserita la grossa catena interna.

Dalla mia bocca non esce una parola così come dalla sua. Mi passa un telegramma. È di Franchetti, il tizio che vive a casa mia in Corso Como. Mi avverte che Paolo è andato da lui per chiedergli il mio nuovo indirizzo. Lui non glielo ha dato, perché non sapeva se sarei stata d'accordo. Mi chiede anche il mio nuovo numero di telefono per ogni evenienza.

Il mio cuore inizia a pompare.

E se fosse lui il mostro? Non so neppure chi sia. È un tipo strano. Un vecchio arricchito, omosessuale, pieno di complessi. Gli amici di Roma mi hanno detto che è venuto a Milano per sottoporsi a una plastica facciale perché è sempre stato ossessionato dalla sua bruttezza e dalle tracce immonde dell'acne giovanile. Anche loro lo conoscono da poco.

Sono stata un'incosciente a dargli subito l'abbaino. Con tutti i soldi che ha avrebbe potuto trovare di meglio: perché ha voluto proprio casa mia e senza neppure vederla?

Mi riassale il panico. Non respiro più.

Sospetto di tutti, ho paura di tutti, ma devo obbligare me stessa a essere razionale.

Decido di prendere appunti su chiunque mi venga in mente. Voglio fare una scheda per ognuno dove annotare anche la minima sensazione, il più insulso dettaglio. Sì, certo. Utilizzerò il programma d'archivio del computer.

Corro al piano superiore, in studio, dov'è installato il mio portatile. Cerco nel mazzo che porto al collo la chiave di quel locale, la trovo dopo averne provate almeno quattro, apro la porta e accendo la luce. Raggiungo la scrivania e sul mio Mac ammicca un foglio di quaderno a righe, scritto a mano, in stampatello. Lo prendo

*fra le mani e senza leggerlo volo giù dalle scale,
apro la porta, esco in giardino e crollo per terra.*

20

Quella mattina il primo pensiero di Cunnigham fu l'incresciosa prospettiva dell'uscita con il bulldog. Aveva piovuto tutta la notte e anche ora il tempo non dava alcuna speranza di cambiare al meglio. Sentiva scrosci violenti investire senza pietà i vetri delle finestre e si alzò con la determinazione di rinunciare a portare fuori il cane. Troppo faticoso. Per amore o per forza, il bestione la farà in giardino, e nel nostro per di più, pensò con gioia. Il giorno prima, infatti, il giardiniere aveva isolato tutto il perimetro della villa con una robusta rete metallica a prova di Lothar.

Aprì gli scuri e inevitabilmente il suo primo sguardo cadde sulla villa a fianco. Subito le mani gli si artigliarono agli infissi.

C'era Viola in giardino, sdraiata a pancia in giù sul vialetto di ghiaia, sotto la pioggia battente. I suoi capelli annegavano in una pozzanghera e le creavano un'aureola di fuoco tutt'intorno. Gli sembrò priva di vita e, senza riflettere, si precipitò fuori così com'era, scalzo, in pigiama. Il vecchio maggiordomo lo incrociò sulle scale e, vedendolo uscire sconvolto, non gli chiese nulla ma si premunì di seguirlo con l'ombrello aperto nell'inutile tentativo di ripararlo.

Cunnigham saltò a pié pari la recinzione con un'agilità imprevista anche per lui e si chinò sul corpo inanime della donna. Le afferrò il polso e accertò con sollievo che fosse soltanto svenuta. Si guardò attorno per assicurarsi che nessuno dei vicini avesse assistito alla scena, poi prese Viola fra le braccia e la portò in casa.

L'interno di *"Villa Sandri"* gli diede l'immediata sensazione di un accampamento di zingari. Odore di chiuso, indumenti sparsi per terra, pile di piatti sporchi nel lavello della cucina, il letto sfatto, tutto contribuiva ad accrescere il suo sgomento.

«Questa donna non può restare qui. La porteremo da noi. Si spicci e mi aiuti» sussurrò esagitato a Higgins.

I due la sollevarono e, per una frazione di secondo, Viola aprì gli occhi. «Che succede? Dove sono?».

«Stia tranquilla, va tutto bene. Ora la porterò a casa mia. Riesce a camminare?» le domandò l'inglese. Poi si rivolse a Higgins: «Passiamo dal retro e tentiamo di scavalcare il muro di cinta. Ho visto che vicino alla fontanella c'è una scala».

In tacito accordo, avvolsero Viola in una coperta, testa compresa, e la sospinsero verso l'esterno.

Lei non oppose resistenza e si lasciò condurre, rasente il muro laterale della villa, fino alla parte posteriore della casa. Cunnigham afferrò la scala di ferro, l'appoggiò al muro, salì di qualche piolo e passò veloce nel suo giardino. Dopo aver sospinto Viola davanti a sé, Higgins fu l'ultimo a trasferirsi, e finalmente entrarono nella *"Magnolia"* dalla portafinestra del salottino posteriore.

Quando la videro stesa sul divano, a Cunnigham e Higgins Viola parve in stato catatonico. Gli occhi aperti fissi nel vuoto, le labbra bluastre leggermente dischiuse, un pallore di morte diffuso sul volto, il corpo pervaso da un tremore inarrestabile.

Cunnigham notò che portava al collo una decina di chiavi legate da una corda, e che nella mano sinistra stringeva un foglio di carta a righe. Con destrezza, le aprì le dita e furtivamente se ne impossessò.

«Ora ci vuole qualcuno che aiuti la signorina a fare un bagno caldo. Ha delle idee?» domandò sottovoce al cameriere.

«Certo non può trattarsi di uno di noi due, Milord, e neppure di una donna del vicinato. Non oso pensare alle conseguenze di questo episodio» commentò l'altro portandosi una mano alle labbra. «Inoltre, le condizioni della signorina sarebbero semmai di competenza di un Pronto Soccorso».

«Già. Tuttavia non credo sia il caso di dar troppa pubblicità a questa faccenda chiamando un'ambulanza» ribatté Cunnigham risoluto.

L'inglese sapeva di dover fare in fretta. Viola aveva la febbre alta ed era bagnata come un pulcino.

«Milord? Se la ricorda la donna che accudiva Riccardo Sandri, lo zio infermo della signorina?» gli domandò d'un tratto il maggiordomo.

«Assolutamente no».

«È vedova, si chiama Luisa e abita in via Lorenteggio, dunque piuttosto lontano di qui. Veniva dal Sandri ogni giorno e, in ultimo, si fermava anche la notte. Ieri, quando sono uscito a spazzare le beole dell'ingresso, l'ho vista alla porta di *"Villa Sandri"*. Ci siamo salutati e mi ha detto di essere venuta a presentarsi alla signorina per offrirle la sua collaborazione, visto che è stata parecchi anni in servizio dallo zio. Ma la signorina non le ha aperto. È una donna molto capace e fidata, piuttosto amabile e, stranamente, per nulla pettegola. Dopo la morte del Sandri, mi aveva lasciato il suo numero di telefono».

All'inglese sembrò un'ottima soluzione: «La chiami e la faccia venire subito. Poi allestisca la camera degli ospiti al primo piano. Io nel frattempo accenderò il camino e cercherò di asciugare come posso questa poveretta».

Higgins non riuscì a dominare l'istinto protettivo nei confronti di Cunnigham: «Mi permetto di consigliarle di asciugare anche se stesso, Milord se non vuole rischiare un raffreddore o addirittura qualcosa di peggio».

A mezzogiorno in punto, Paolo Brandi entrò nella sala d'aspetto del professor Collini. «Fra qualche minuto sarà da lei» lo rassicurò la segretaria. Ma perché dai medici c'è sempre da aspettare? Si chiese scoraggiato il giornalista. Sedette e prese una rivista dal tavolino centrale.

Niente da fare. Non avrebbe potuto leggere, era troppo agitato. Posò la rivista dove l'aveva presa, accavallò le gambe e iniziò a tamburellare le dita di una mano sul ginocchio. Controllò l'orologio: le dodici e cinque minuti. Si guardò attorno. La parete davanti a lui era piena di attestati professionali di Collini, inquadrati in semplici listelli di legno biondo. Si alzò e vi si avvicinò per leggerli.

Bella testa il tipo, si disse. In pochi minuti, infatti, Brandi apprese da quella 'mappa' che Collini aveva studiato a New York, insegnato alla Sorbona e diretto ricerche in Inghilterra e in Germania. Ma a colpire la sua attenzione fu soprattutto un diploma tedesco di un biennio di specializzazione sull'ipnosi. Subito dopo scoprì anche da altre pergamene che Collini aveva professato e approfondito quella disciplina in varie Università nazionali. Curioso.

Quando la porta alla sua sinistra si aprì, Brandi ebbe un sussulto di sorpresa e nella stanza entrò un uomo piccolo, calvo, mingherlino con grandi occhiali rotondi - del tutto impensabili sul suo volto minuto e vizzo - in tartaruga scura e lenti spesse un dito.

«Collini» si presentò l'omino allungandogli una mano molle.

«Paolo Brandi» disse lui stringendogliela con malcelato ribrezzo.

Lo psichiatra lo introdusse nello studio e gli indicò una sedia di pelle senza braccioli davanti alla scrivania. Lui si sistemò nell'enorme poltrona reclinabile di fronte, dalla quale Brandi immaginò che non riuscisse a toccare il pavimento con i piedi.

«Mi dica, che succede a Viola?» domandò subito Collini con uno sguardo indecifrabile ingigantito dalle lenti.

Il giornalista lo trovò inquietante. Come aveva potuto Viola farsi curare da uno così? Trovò lui stesso molto difficile comunicare a quell'uomo la semplice cronaca dei fatti cui aveva assistito il giorno prima a casa della Sandri. E s'intorcinò più volte per via di quell'ascoltatore muto che lo scrutava con uno sguardo, come dire? quasi da imbecille.

Tuttavia arrivò alla fine e dovette aspettare ancora un bel po' prima di sentire di nuovo la voce trascinata di Collini: «Da quello che mi dice è difficile capire. Mi descrive uno stato di panico, tipico in certi malati - e per favore non mi chieda quale patologia affligge Viola perché non potrei dirglielo senza un mandato specifico».

«Infatti. Non le sto chiedendo di descrivermi la patologia di Viola Sandri. Le sto chiedendo aiuto per una persona che lei conosce meglio di chiunque altro e che in questo momento sta soffrendo» precisò Brandi.

«I fatti mi farebbero presumere che la mia paziente abbia smesso di assumere i farmaci che le avevo prescritto. Tutto qui» ipotizzò Collini con aria saputa controllando brevemente la cartella clinica di Viola.

Avendo intuito che il colloquio per l'altro a quel punto si poteva concludere, Brandi gli rifece il verso con rabbia: «Tutto qui?».

Lo psichiatra si alzò e si avviò verso la porta dello studio e lui lo seguì rassegnato.

«Non se la prenda, non posso fare altro. Non posso dirle altro se non che Viola Sandri è seriamente malata e che necessita di cure farmacologiche. La sintomatologia che lei mi ha definito è normale nei soggetti che interrompono i trattamenti, capisce? Consigli alla sua amica di continuarli alle dosi che le ho prescritto nell'ultima visita, due anni fa. E le dica da parte mia che sono sempre qui quando sentisse il bisogno di tornare a parlarmi. Come lei sa, non possiamo obbligarla».

Il giornalista pensò che quell'uomo continuava a non piacergli, anzi gli piaceva sempre meno e prima di andarsene si voltò e, quasi senza riflettere, gli chiese: «Può almeno dirmi se Viola ha avuto bisogno di essere sottoposta a ipnosi?».

Collini parve piuttosto sorpreso dalla domanda ma rispose con prontezza: «È evidente. Sono ritenuto il miglior specialista italiano di questa terapia e me ne avvalgo ogni qualvolta ritenga che i miei pazienti ne possano trarre beneficio».

21

Ho vissuto come in trance per non so quanto tempo.

Ricordo di essere svenuta in giardino e, per una frazione di secondo, dell'inglese in pigiama sotto la pioggia, chinato a tastarmi il polso. Poi il nulla, finché l'effetto dell'acqua bollente a contatto del mio corpo nudo mi ha riportata al presente.

Mi sono ritrovata immersa in una vasca da bagno mentre Luisa, la badante dello zio Riccardo, mi stava passando una spugna dappertutto.

Ho creduto di essere in preda al delirio, di vivere in un incubo. Ho iniziato a gridare, a scalciare, ho tentato di uscire dalla vasca.

Voglio tornare a casa mia, portatemi via subito da qui. Dove sono?

Luisa ha detto che l'inglese è una persona gentile, che mi ha portato a casa sua perché avevo perso i sensi e che poi ha chiamato lei ad assistermi sapendo che è una persona fidata, molto legata alla mia famiglia.

L'ho minacciata: non m'interessa nulla, voglio tornare a casa mia o chiamerò la polizia.

Le chiavi... Dove sono le mie chiavi? ho gridato. E la cintura? Sulla pelle portavo una cintura-marsupio. Dov'è? L'ha aperta?

Luisa ha infilato una mano nel cassetto di un mobiletto del bagno, e ne ha estratto il marsupio e la corda con le chiavi che portavo al collo.

Non ho guardato nulla Viola, ha detto. Poi mi ha allungato chiavi e marsupio e mi ha lasciato andare.

Ho capito di avere la febbre alta ma mi sono rivestita in fretta. Non potevo rischiare di rimanere lì, in mezzo a tanti estranei.

Cunnigham e il suo cameriere hanno tentato di dissuadermi.

No. Non è possibile. Me ne vado. Grazie, grazie di tutto. Mi sono forzata di essere cortese, ma non vedevo l'ora di rinchiudermi a casa.

Ora sono di nuovo qui, finalmente. C'è un disordine indicibile. Cercherò di distrarmi rassettando un po'.

No. È più urgente iniziare a prendere appunti dettagliati sulle persone che mi circondano, come avevo deciso questa mattina.

Automaticamente il mio cervello si connette al momento in cui ho trovato il terzo foglio del mostro sul computer.

Dove l'ho messo? Lo cerco dappertutto... Non c'è! Oh Dio, non c'è. Esco in giardino. L'avrò perso quando sono svenuta. Niente. Non ce n'è traccia nemmeno fuori. Devo riaverlo per mostrarlo a Taddei.

E se l'avesse preso Cunnigham?

E se invece me lo fossi soltanto immaginato?

Forse sono davvero diventata pazza.

22

Brandi si presentò da Cunnigham con mezz'ora di ritardo. Appoggiò una sacca da viaggio nell'ingresso, sedette in biblioteca e, davanti a tè e pasticcini, alla fine non seppe cosa dire. Difficile mettere ordine nell'accozzaglia di sensazioni che gli si stavano sbobinando nel cervello. E non era per niente lucido. Rivedere Viola l'aveva ucciso. In quello stato, poi.

L'inglese non gli fece fretta e rispettò il suo silenzio. Anzi, tatticamente, parlò subito lui e gli raccontò in breve i fatti della mattina, trascurando il dettaglio dello scritto trovato nella mano della ragazza. Come aveva previsto, quell'aggiornamento fu un altro shock per il giornalista che a quel punto mollò gli argini e gli descrisse minuziosamente la sua visita a

Collini come l'ennesima prova di quanto lui non sapesse niente di Viola.

«Può capire ora il mio senso d'impotenza? Come avrei potuto immaginare che Viola fosse una malata di nervi? Eppure Laura lo sapeva, e come lei chissà quanti altri».

«Lei la conosce bene questa Laura?» lo interrogò Cunnigham con evidente interesse.

«Abbastanza. L'avrò vista una decina di volte. Spesso con la sua presenza schermava le nostre rare uscite in pubblico».

«Di che cosa si occupa?».

«Credo sia assistente all'Università Statale di non so quale materia».

«Allora non la conosce nemmeno abbastanza» sottolineò intollerante l'altro.

«So che è sposata bene, con Marco Setti, il famoso imprenditore edile, ha un figlio piccolo ed è amica di Viola dal tempo delle elementari. Contento? Ma chi se ne frega, scusi?».

«Eh no, mio caro! Qui bisogna cercare di capire cosa sta succedendo alla sua amica. Non possiamo sorvolare su nessun dettaglio. Dei suoi conoscenti ha incontrato soltanto Laura Setti?».

«Be', sì: la nostra era una storia clandestina, Lester. Anche Viola non ha frequentato nessuno del mio ambiente, sarebbe stato troppo pericoloso. Ho dovuto proteggere la mia famiglia, mia moglie…».

A quelle parole Cunnigham balzò in piedi, iniziò a camminare nervosamente per la stanza e, assumendo un tono fra l'autorevole e l'incazzato, aggredì il giornalista con un predicozzo che stupì soprattutto se stesso: «Ma scusi, che cosa ne voleva fare di questa poveretta? Che futuro le proponeva? Che razza di uomo è lei? Un bamboccio che si perde in una storia di sesso adolescenziale, oppure un delinquente che di una brava ragazza ne fa polpette senza porsi il minimo scrupolo? Insomma, si dovrebbe vergognare. Probabilmente io potrei essere suo padre, eppure mi sento molto più contemporaneo di lei. Non pensavo che i giovani di oggi si potessero allineare agli squallidi compromessi borghesi e convenzionali che hanno fatto aborrire già quelli della mia generazione». (Ma che significava questo suo bisogno di proteggere quella sconosciuta? si domandò perplesso).

Imbarazzato, Brandi s'incupì e abbassò gli occhi alle mani abbandonate sulle ginocchia, tutto teso in avanti. «La smetta di infierire, Lester. La prego. Non vede che sono già a pezzi? I sensi di colpa per quella ragazza mi stanno facendo impazzire».

Cunnigham tacque e osservò dalla finestra la villa di Viola. Tutto chiuso. Comprese le due finestre della veranda al pianterreno. Allora si volse verso Brandi e senza pietà decise di sferrare il colpo letale: «Non si ritenga tanto importante, amico mio. Abbassi pure il suo livello d'onnipotenza. Sappia che lo stato attuale di Viola non dipende affatto da lei. La ragazza è minacciata di morte, da non so chi. E ora non mi guardi con quella faccia. Ne ho le prove».

«Ma che sta dicendo?». Il giornalista si alzò dalla poltrona e fronteggiò l'inglese a meno di una spanna.

In silenzio, Cunnigham si sfilò da una tasca un foglio a righe di quaderno ripiegato in due e glielo allungò.

"DIARIO DI MORTE

Marzo

Marameo! Tesoro, ma allora non vuoi proprio capire. Inutile scappare. Io sono QUI. Ti vedo quando voglio. Sento quello che dici e quello che provi. Godo troppo del tuo terrore, ed è per questo che non sei ancora morta. Ma non temere. Quel momento verrà... Ricordalo sempre: sono dentro di te. Sono il tuo Destino".

23

«Feli, dov'è Matteo?». La moglie del cardiologo Binelli si rivolse con malagrazia alla filippina dopo aver constatato la tragica assenza di suo figlio, proprio nell'ora pomeridiana in cui avrebbe dovuto dedicarsi allo studio.

«Non so signora. Non l'ho visto uscire» rispose la ragazza a occhi bassi.

Strano. CD di Vasco inserito a massimo volume, libro di filosofia aperto sul tavolo, giaccone Fay appallottolato ai piedi della poltrona, berretto malauguratamente gettato proprio in mezzo al letto.

Non può essere uscito con quest'acqua solo con la felpa, si convinse la donna. E se fosse andato da quel pistola del figlio dei vicini? immaginò subito dopo con i nervi a pelle. Sedette sul divano e verificò subito quest'ultima ipotesi con una deludente telefonata al pistola in persona il quale le confermò balbettando che di suo figlio non aveva visto neppure l'ombra.

La donna posò la cornetta e si mise a pensare. Quel ragazzo le stava creando non pochi problemi, soprattutto dal punto di vista dell'immagine.

Intanto era proprio brutto. Sarà stata l'età ingrata, ma doveva ammettere con se stessa che non prometteva granché nemmeno per il futuro. Non l'aveva mai visto con una ragazza, neanche a pagarla. Lungo e spigoloso, senza spalle, gambe arcuate, torace convesso, faccia equina, mento sfuggente, capelli color torba.

«Vedrai cara che si farà. In fondo ha proprio due begli occhi» l'aveva malignamente consolata la sua *cara* amica Giusi, in un disgraziato momento di debolezza in cui s'era lasciata andare allo sconforto.

In più, Matteo era un vero asino a scuola e, soprattutto, totalmente privo di determinazione nello studio.

L'anno prima era stata convocata dallo psicologo scolastico che le aveva fatto incassare un profilo del figlio tutt'altro che rassicurante. Nevrotico, paurosamente introverso, incostante, privo totalmente di capacità di relazionarsi agli altri, coetanei compresi. «Matteo attraversa un'età pericolosa, difficile. Perché non lo convince a farsi seguire da uno specialista?» aveva concluso il medico.

Ci sarebbe mancato altro. Bocciato già due volte, dal *Gonzaga* l'avrebbero defenestrato da tempo se lei non si fosse prostrata senza dignità ai piedi del preside e dei professori (senza mancare di ungerli con cospicue offerte benefiche): «Dategli un'altra possibilità, almeno per quest'anno». E questo sarebbe stato di sicuro l'ultimo anno, visti i risultati se possibile ancora peggiori dei precedenti. Che scandalo! Poteva già da ora immaginare i commenti delle amiche e, in particolare di quella stronza della Giusi.

E va bene: decise che a cena l'avrebbe messo al palo davanti al padre.

Non che ci sperasse molto che questo potesse scalfire di un pelo l'agnosticismo e l'apatia di Matteo. Di suo marito non aveva il minimo rispetto, era evidente. Quando si parlavano, il ragazzo metteva sempre su un'aria irritante di supponenza. Francesco non se ne accorgeva o fingeva di non accorgersene forse temendo di arrivare alla lite, di scoperchiare le pentole più impopolari della loro vita di coppia. Matteo aveva assistito a troppe discussioni fra loro. A troppe scenate di gelosia da parte di lei, a troppi cedimenti per amor di pace da parte di lui.

L'importante, concluse la donna controllandosi desolatamente lo smalto sbeccato delle unghie, era mantenere stabile il quadretto idilliaco che davano all'esterno e, finora, non le risultava che Matteo li avesse mai traditi. Almeno quello.

Il fatto che le uniche persone che frequentava facessero parte di un gruppo di Punkabbestia non la perplimeva. Anzi. Era piuttosto trendy fra i ragazzi bene milanesi. Addirittura con le amiche se la tirava: «Sai, ci vanno anche il figlio dell'architetto Petrella e i nipoti del notaio Beretta».

Forte di questi ultimi pensieri, riacquistò tutta la sua aria da sciuretta e si preparò per uscire. Doveva trovarsi con la Giusi da *Coppola*, il parrucchiere delle vip in Corso Garibaldi e non poteva arrivare in ritardo, altrimenti avrebbe perso il turno. Salutò con un cenno la cameriera, passò davanti alla cucina per raggiungere l'ingresso e d'un tratto vide comparire Matteo dallo sgabuzzino.

«Ben ritrovato!» lo apostrofò nervosa. «Che ci facevi lì dentro? Ti ho cercato ovunque. Pensi di dedicare qualche minuto alla filosofia in vista dell'interrogazione di domattina?».

«Ehi ma', vedi di non rompere. Stavo cercando le mie Nike, ok?» rispose lui con un sorriso ebete.

«E le cerchi lì dentro? Quando mai abbiamo tenuto le scarpe insieme a scope e detersivi?» lo incalzò la donna per nulla convinta.

«Ma lasciami stare!» Matteo sbuffò con un'eloquente alzata di spalle.

«Ma certo, tesoro. Stasera ne riparleremo con tuo padre. Ma ricordati quello che ti ho già detto: insistere troppo con certe attività solitarie può far male alla salute fisica e mentale. Meglio darci dentro con una di quelle finte santerelline delle tue compagne di scuola o, se preferisci, con una di quelle squaquerate delle Punkabbestia che sembrano disponibili con tutti tranne che con te».

Quando Elena Binelli si girò per uscire, Matteo si affrettò a mostrare alla sua schiena il pugno chiuso con il dito medio dritto come un fuso.

Taddei s'era già fatto un'idea molto chiara del caso Sandri. E gli esiti delle perizie che aveva davanti gliela stavano confermando.

Primo: senza troppe difficoltà da parte degli esperti calligrafi, gli scritti di minaccia erano attribuibili senza dubbio alla ragazza stessa. Nonostante l'evidente sforzo impiegato per rendere quello stampatello regolare e ordinato, il tratto della Sandri si tradiva nell'incertezza dei tondi, nell'eccessiva rigidità dei bastoni, nella pressione della mano.

Secondo: la relazione della pattuglia di notte riferiva di una notte tranquilla in via Caccianino ma non nella villa della ragazza. I due agenti avevano notato accendersi più volte la luce al pianoterra (verso le tre anche al primo piano), e l'ombra della Sandri agitarsi dietro le imposte.

Dell'operaio della ditta di serramenti, nessuna traccia. Strano. Strana anche la sparizione del furgoncino. Ne sapeva qualcosa la Sandri? L'avrebbe verificato oggi stesso, determinò Taddei, e con un bell'interrogatorio.

Prima però, per essere inattaccabile, stabilì che avrebbe fatto eseguire un sopralluogo in casa come verifica definitiva di eventuali tracce di estranei. Chiamò Carlo Perini, il suo vice e mise a punto un mandato d'immediata perquisizione di *"Villa Sandri"*: «Coinvolgi la Scientifica anche se morti non ce ne sono. Voglio un lavoro accuratissimo».

In quel momento fu avvisato da un agente di una chiamata: «Capo, c'è Viola Sandri per lei sulla uno».

La telefonata fu breve, perché la novità del nuovo messaggio anonimo segnalata dalla ragazza permise a Taddei di rendere subito operativo il suo piano d'azione. «Non si preoccupi. Entro ventiquatt'ore la sua casa sarà rivoltata come un calzino da un esercito di agenti specializzati. Nel frattempo io verrò lì per far due chiacchiere con lei e magari, a sorpresa, con qualche suo vicino».

Quattro del pomeriggio. La pioggia non intendeva dare requie. Giardini e strada pressoché deserti e inondati.

Il silenzio pesante che aleggiava in casa Cunnigham fu violato dalla voce rotta di Brandi: «Lester, lei non può impossessarsi di una prova come questa. Dobbiamo renderla a Viola e parlarle, aiutarla».

«Infatti non ho la minima intenzione di tacere con Viola. Se n'è andata come una pazza e non ho avuto il tempo di mostrarle questo foglio. Inoltre, non mi sembrava opportuno farlo di fronte al personale di servizio. Quello che mi domando è se è giusto parlarle insieme, io e lei. Non mi sembra che la ragazza sia felice di vederla».

«Può anche darsi. Tuttavia Viola mi conosce bene, si fida senz'altro più di me che di lei» ribatté inasprito l'altro.

«Non ne sarei tanto sicuro». Cunnigham si concesse una breve pausa per accendersi la pipa. «Penso invece che Viola non si fidi di nessuno, perché non deve farlo. Quel foglio può averlo prodotto chiunque: lei, io, il mio cameriere, un vicino sconosciuto, la sua amica Laura Setti, insieme con una vasta gamma di fauna umana che non possiamo immaginare perché né io né lei sappiamo con chi Viola si rapporta».

«Va bene. Mentre lei si arrovella a vuoto, io andrò da Viola. Non dirò nulla del foglio in suo possesso, ma cercherò, fosse anche con la forza, di farmi raccontare qualcosa, di farla parlare, di farle coinvolgere la polizia».

«Forse l'ha già fatto. Ieri sera ho visto una pattuglia ferma proprio davanti alla villa. Rifletta. Non agisca d'impulso» insisté Cunnigham.

Il giornalista si avviò risoluto verso la porta e mostrando la sacca che aveva portato con sé, aggiunse: «Come vede ho già programmato tutto. Prima di venire da lei, sono passato da casa e ho detto a mia moglie che starò via qualche giorno per un servizio».

L'altro lo trattenne per un braccio: «È davvero sicuro di quello che fa, Paolo? Le ripeto: rifletta. Abbiamo appena saputo che Viola è una malata di nervi, e per giunta grave. Pensa che forzarla se non aggredirla, sia il metodo giusto per aiutarla? Capisco il suo stato d'animo, ma per una volta lasci da parte l'egoismo e pensi a lei. Piuttosto ne parli ancora con Collini. Le sarà antipatico, ma è l'unica persona che possa affrontare con criterio questa situazione. Potrebbe convincerlo per una visita a domicilio».

«Mi lasci andare Lester. Per quanto riguarda Collini ci penserò, ma ora non le garantisco un bel nulla. Io non sono un riflessivo come lei, ho bisogno di agire, di risolvere le situazioni, di andare al sodo. Arrivederci. Mi farò vivo».

A Cunnigham non restò che augurarsi che nel breve tragitto fino alla strada, Brandi ci ripensasse.

Non fu così. Dopo pochi secondi, dalla finestra lo vide correre sotto l'acqua al cancello di Viola, chiamarla gridando il suo nome, scavalcare il muretto di recinzione e attaccarsi al campanello del portoncino. Ma l'inglese non si aspettava certo di assistere alla scena che seguì. Non vide Viola, ma la porta si aprì quasi subito per inghiottire in un secondo il tormentato giornalista.

24

Chiamo Taddei, ma temo che, come sempre, il risultato sarà deludente.

Gli racconto il fatto di stamattina e mi pare che quasi se lo aspettasse. Aggiungo che non so più dov'è il terzo testo di minaccia, che devo averlo perso in giardino o che qualcuno se l'è preso mentre sono svenuta.

Risponde di star tranquilla, perché sta per venire qui e la mia casa sarà invasa entro ventiquattrore da agenti specializzati che la perlustreranno fin nell'ultimo angolo.

Riattacca.

Inizia a credermi? Dal tono non sembra, eppure si è dato una mossa.

Vuol dimostrare che sono pazza?

Non ha fatto accenno ad alcuna responsabilità da parte mia... Non posso fare altro che aspettare. Il fatto di sapere che fra poco la polizia sarà qui mi tranquillizza al punto che oso spalancare una finestra. Torno al programma numero uno: rassettare. C'è un disordine spaventoso. Odore di chiuso e di avanzi di cibo. Raccoglierò i vestiti e le scarpe sparsi dovunque, rifarò il letto e poi sistemerò i piatti in lavastoviglie.

Mi sento un po' meglio. La febbre dev'essere scesa un po' ma per sicurezza ingoio un'aspirina.

Vado nell'armadio del sottoscala a cercare l'aspirapolvere e sento raspare in cantina. Sarà di certo il gatto. Con tutta questa pioggia si sarà intrufolato in cantina e ora raspa alla porta. Cerco la chiave nel mazzo che porto al collo. La trovo in fretta perché è di quelle vecchie, grandi, un po' arrugginite. Apro la porta e capisco subito che non avrei dovuto farlo.

Troppo tardi. Il fascio di una torcia elettrica mi acceca. Il respiro mi si accorcia convulsamente ma riesco lo stesso a farfugliare che sta arrivando la polizia.

25

«Non c'è?» Taddei spinse in fuori il labbro inferiore in una smorfia di disappunto. «Ma se mi ha chiamato lei non più tardi di mezz'ora fa» continuò rivolto al Perini.

«La porta è aperta, commissario, ma in casa pare proprio che non ci sia nessuno» gli rispose il vice scostandosi dall'ingresso per farlo passare.

I due poliziotti diedero una rapida occhiata in giro e i loro sguardi vagarono attoniti sull'inverosimile disordine dei locali del pianoterra, gli unici evidentemente abitati dalla Sandri. E con un'indagine successiva più approfondita, constatarono sia che più della metà dei locali della casa era chiusa a chiave, sia che Viola Sandri in effetti non c'era.

«Secondo me è uscita» buttò lì il Perini.

«Macché! Dove vuoi che sia andata? A fare shopping? Probabilmente, parlando con me, ha intuito che qualcosa non mi convinceva e ha pensato bene di levare le tende. Questa è una svitata, non c'è dubbio. Guarda qui che casino. E poi la porta aperta dimostra tutta la sua fretta. Per fortuna abbiamo già ottenuto dal magistrato il mandato di perquisizione e, non più tardi di domattina, la Scientifica potrà iniziare i rilevamenti. Vedrai che per un bel po' quella suonata qui non ci torna. Proviamo a sentire qualche vicino se l'ha vista uscire».

Taddei riaffrontò la pioggia a testa nuda e si ritrovò davanti al cancelletto della *"Magnolia"*.

Suonò e dopo poco fu lo stesso Cunnigham ad affacciarsi alla soglia della villa.

«Polizia. Dovrei farle qualche domanda».

«Entri, per carità, o si prenderà un accidente!».
Cunnigham sfoderò un sorriso impersonale e fece accomodare il commissario nel salottino.

«Gradisce un tè o qualcos'altro, commissario… commissario?»

«Taddei, Maurizio Taddei del distretto di via Feltre. No grazie».

L'inglese gli strinse la mano. «Lester Cunnigham, molto piacere».

«Conosce la signorina Viola Sandri? Abita nella villa qui accanto».

«Immaginavo che il problema fosse la Sandri. Sì l'ho incontrata un paio di volte. L'ultima proprio stamattina».

Con precisione, Cunnigham tracciò a Taddei i fatti delle ultime ore, compreso l'incontro a casa sua con Paolo Brandi e la visita di costui alla Sandri.

Il poliziotto lo interruppe dubbioso: «Lei mi sta dicendo di aver visto il giornalista entrare in casa della Sandri poco fa?».

«Be', sì. Perché?».

«Perché in quella casa ora non c'è anima viva» continuò Taddei.

«Ma è assurdo!» sbottò l'inglese schizzando in piedi. «Come le ho detto, poche ore fa la Sandri aveva una febbre da cavallo e Mister Higgins, il mio maggiordomo, l'ha riaccompagnata a casa. Dopodiché ho visto con i miei occhi il Brandi uscire da casa mia ed entrare nella sua villa».

«E poi non ha notato se la signorina Sandri o il Brandi sono usciti?».

«No di certo, commissario».

«Che tipo di rapporto lega il Brandi alla Sandri?».

Cunnigham preferì evitare di snocciolare al poliziotto i fatti privati di quei due: «Ritengo professionale. Il Brandi la cercava per un lavoro urgente».

«E il giornalista non ha manifestato qualche perplessità sull'atteggiamento insolito della ragazza? Intendo dire, non s'è chiesto come mai s'era barricata in casa cambiando pure i numeri di telefono per rendersi irreperibile?».

«Sì, naturalmente, e si è molto preoccupato. Anch'io l'avevo ritenuta nella migliore delle ipotesi un'asociale. Ho capito solo stamani, commissario che effettivamente qualcosa la turbava. Guardi qui». Cunnigham infilò una mano nella tasca del cardigan e allungò a Taddei il foglio ripiegato. «Questo gliel'ho tolto dalle mani a casa mia, quando è svenuta sul divano. Glielo avrei riportato più tardi, quando ha ripreso i sensi era così agitata».

Taddei lesse l'appunto, lo rigirò fra le dita e sospirò. «Sì, lo so. Ne avrebbe ricevuti altri due da quando abita nella villa».

«*Avrebbe?* Ho capito bene?».

«Certo. Mi pare che lei capisca molto bene l'italiano. Ho detto *avrebbe* perché questa calligrafia secondo i nostri esperti corrisponde a quella della signorina Sandri. E non è tutto. Non ha notato che la data della minaccia non corrisponde al mese in corso?».

Cunnigham trasalì. Tornò a sedersi nella poltroncina di fronte a Taddei e sgranò gli occhi azzurri. «Significa che si sarebbe autominacciata? Ma perché?».

«Oh, se è per questo, non sa in quanti suonati c'imbattiamo. Gente che soffre di solitudine, di depressione, di mania di protagonismo, di mitomania. Ora il problema è un altro: la signorina vuol giocare a mosca cieca e i conti non tornano per nulla. Manca all'appello anche l'operaio che le ha cambiato le serrature».

«Ciò detto commissario, non possiamo negare che la Sandri appariva davvero sconvolta e terrorizzata. E se pure il Brandi ha saputo che in passato è stata in cura da uno psichiatra, ciò non toglie che la ragazza non poteva fingere a tal punto!».

Taddei ancorò lo sguardo in quello dell'inglese. «Uno psichiatra ha detto? Sa chi è?».

«Sì. Gli ha parlato poche ore fa proprio il Brandi. È il professor Alessandro Collini».

Quando Taddei lasciò *"La Magnolia"* erano quasi le sei del pomeriggio e l'oscurità era già calata sulla via Caccianino, schermando come una lente d'ingrandimento fumé gli scrosci spietati della pioggia. Dalla finestra della veranda, Cunnigham vide il poliziotto entrare in un'altra casa vicina e pensò che nelle prossime ore avrebbe senz'altro torchiato chiunque abitasse nei pressi.

L'inglese sedette riflessivo sul divano Chesterfield davanti al camino acceso e subito il bulldog ne approfittò per zompargli al fianco, poggiando il capoccione sulle sue ginocchia.

Si chiese se aveva fatto bene a raccontare tutto al commissario. Ma come avrebbe potuto fare altrimenti?

Che fine aveva fatto Viola?

Cunnigham rievocò il suo viso stralunato, i suoi occhi dilatati nel terrore, le sue mani bianche, tremanti e pensò che gli era impossibile credere che fosse lei stessa l'autrice di quelle minacce.

E Paolo Brandi?

L'aveva visto entrare quasi risucchiato in quella casa, ma era altrettanto certo di non averlo visto riuscirne. Poteva dire di non aver perso di vista l'ingresso di *"Villa Sandri"* fino all'arrivo di Taddei, una mezz'ora più tardi, dunque non poteva sbagliare.

Allungò il braccio verso la parete in boiserie e tirò il campanello interno di passamaneria per chiamare Higgins. Dopo qualche istante avvertì bussare alla porta.

«Avanti!».

«Ha bisogno Milord? Desidera un tè, la pipa?».

«Ma che fa? Bussa? Le ho suonato, no?» esplose Cunnigham nervoso osservando l'uomo esitante.

«Le ricordo Milord che lei stesso, proprio ieri mattina, mi ha chiesto di farlo» gli rispose Higgins laconico titillandosi il baffo destro.

Beccato in fallo, Cunnigham sorvolò e cambiò tono. Aveva tutt'altro per la testa che minuettare con Higgins. «Ha sentito che la Sandri è scomparsa?».

«Così diceva il commissario uscendo, Milord. Ha fatto anche a me qualche domanda».

«Mmm... e lei cosa gli ha raccontato?» domandò l'inglese continuando a carezzare Lothar apparentemente assorto.

«A grandi linee tutto, Milord» rispose l'uomo sicuro.

«Bene. E lo sa che pure il Brandi è svanito nel nulla?».

Prima di parlare, Higgins abbassò gli occhi alla punta delle scarpe. Pareva molto a disagio: «Di questo non ne sono certo».

Cunnigham lo fucilò con uno sguardo di ghiaccio: «Che significa che non ne è certo? Lei sa dov'è?».

«Ecco... io non dovrei, ma alla polizia non ho riferito nulla Milord. Come le ho già detto, ritengo che sia meglio per noi star fuori da questa vicenda».

L'inglese perse la pazienza. Si alzò dal divano e si avvicinò al vecchio cameriere assumendo l'aria torva del suo cane.

«Eviti, per cortesia, di pensare e si affretti infine a dirmi *cosa sa. Cosa* non ha detto a Taddei?».

«Io ero in cucina e giurerei di aver visto Mister Brandi scappare dall'uscita sul retro di *"Villa Sandri"*, Milord, proprio quando stava entrando la polizia».

26

Non ho visto che faccia ha, per via di quel fascio di luce negli occhi e ancora non so se è un uomo o una donna.

Mi ha spinta giù per le scale. Sono inciampata e caduta nel buio. Al momento non ho avvertito alcun dolore, ma ora sento colare del sangue sul mio viso. Devo aver battuto la testa, o un occhio. Il destro perché non riesco ad aprirlo.

Il panico mi stringeva la gola. Non sono riuscita a dire nulla. Nemmeno lui (o lei) ha detto una parola. Mi ha solo sussurrato: sono io!

Ho sentito la sua presenza alle spalle durante il percorso sotterraneo che mi ha portata qui. Non so dove. Lui (o lei), sempre dietro di me, ha appoggiato a terra la pila e mi ha bloccato i polsi dietro le spalle con una corda spessa annodata in un anello di ferro conficcato nel muro.

Poi ho sentito i suoi passi allontanarsi e ancora quel sussurro... tornerò, tornerò per ucciderti!

Me la sono fatta addosso e ora sento all'interno dei Levi's le cosce bagnate di urina.

Odore di sangue e di urina. Odore di morte. Buio totale. Panico.

Non mi ritroveranno mai più.

Non ho speranza.

I pensieri mi si accavallano incoerentemente nel cervello insieme a visioni da incubo, popolate di mostri e topi e insetti giganti che vengono a cibarsi di me nel buio, in questo buio.

27

«Laura Setti?».

«Sono io. Chi parla?».

«Mi chiamo Lester Cunnigham e sono un vicino di casa della sua amica Viola Sandri».

«Cos'è successo di nuovo a Viola? Da due giorni non sento che parlare di lei. E poi perché chiamate tutti me? Non la vedo da anni».

«È sparita. So che Paolo Brandi l'ha informata dello stato in cui si trova Viola, pensavo che le fosse ancora affezionata».

«Questo non la riguarda. Cosa significa che è sparita?».

«Se permette preferirei parlarne a voce. Ci potremmo vedere domattina, se per lei va bene».

«Con che diritto si sta interessando tanto alla vita di Viola? Io non la conosco, e non vedo la ragione di parlare con lei».

«Credo invece che confrontarsi con me le convenga, signora. Almeno prima che lo faccia la polizia».

«Mi sta minacciando?».

«No di certo! Lei proprio non capisce. Provi a fidarsi di me. Le va bene un breakfast da *Taveggia* per le nove?».

«Come farò a riconoscerla?».

«Non c'è problema. Chieda a Bruno, il capocameriere, qual è il mio solito tavolo e lui glielo mostrerà».

La filippina con cresta si presentò al tavolo imbandito reggendo due piatti di polenta fumante e funghi trifolati. Dalla cucina aveva avvertito aria di tempesta fra i tre in salotto in attesa di cenare e ne ebbe conferma quando il cardiologo le strappò dalle mani le portate che gli porgeva e le gettò direttamente a terra sul tappeto persiano.

«La polizia? È venuto qui un commissario di polizia? E a fare che? Cosa ti avevo detto a proposito di quella Sandri? Ma tu no! Per carità, non siamo capaci di farci i cazzi nostri, no! Dobbiamo finire sul giornale per far parlare i cretini e per incasinare me che sono a un tiro dal primariato!».

La moglie strapazzò il tovagliolo con sigla fra le unghie di nuovo fresche di manicure. «Piantala Francesco, non è successo niente. Lo vuoi capire? Siamo stati interrogati, come tutti quelli che abitano vicino a quella villa. Non abbiamo detto nulla, perché *non sappiamo proprio nulla*».

Ma il Binelli non si dava pace. Fin troppo, pensò lei sospettosa osservandolo girare come un topo ballerino avanti e indietro per la stanza. Che il porco abbia conosciuto quella ragazza? Magari in ospedale, o casualmente per strada. Dicono che è così bella…

«E il nostro segaiolo tatuato che dice? È stato interpellato anche lui?» rimpiombò il cardiologo avvicinandosi a Matteo.

Il ragazzo se ne stava a testa bassa, rincagnato nelle spalle, con la solita aria supponente, e non parlò.

«Ehi coglione, sto parlando con te!».

«Francesco ti prego, non eccedere. Sei volgare».

«Senti chi parla, la nostra First Lady! Allora cocco, cos'hai detto al poliziotto?».

«Che palle! Non ho detto niente, pa'. Oggi sono stato sempre in casa a studiare e non ho visto niente».

«A parte l'oretta in sgabuzzino a farti le pippe. Così riferisce la mamma, almeno. Vorrei proprio sapere quanto sei preparato per l'interrogazione di domani». Il padre lo guardò con disgusto ma almeno parve a tutti, cameriera compresa, che gli fosse sbollita. Infatti, tornò a sedersi e sentenziò: «Adesso possiamo cenare».

28

QUARTO GIORNO

Quante ore sono passate? Devo avere perso i sensi per un po' perché non ho la cognizione del tempo.

Mani braccia e spalle mi fanno troppo male. Ho cercato di sfilare i polsi dalla corda che li imprigiona, ma è impossibile.

Il mio occhio aperto si è abituato al buio e ora riesco a individuare una flebile fonte di luce diritto davanti a me.

Una piccola apertura? Una finestra?

Che importanza ha cos'è? tanto non potrei mai raggiungerla.

Il muro dietro la mia schiena è gelido come tutto l'ambiente. Sono intirizzita e allo stesso tempo brucio di febbre.

Tutt'intorno c'è un odore forte di marcio, di carogna... Rabbrividisco: dove sono? Cosa vuole da me questo pazzo (o questa pazza)? Quando tornerà? Dio... e cosa mi farà?

Devo liberare le mani, a costo di rompermi i pollici. Inizio a tirare attraverso la corda ma i nodi si stringono sempre di più.

Le mie mani sanguinano. No. Non ce la faccio, non ce la farò mai.

Piango in silenzio e le lacrime scorrono di nuovo sul mio viso, ininterrotte. L'occhio ferito sembra infuocato.

La polizia mi cercherà. Taddei sarà arrivato e non trovandomi in casa avrà capito finalmente che mi è successo qualcosa, che potrei essere in pericolo.

E se non ci credesse?

E se pensasse davvero a una montatura accampata da me stessa?

Il panico mi strangola, ma poi penso che in ogni caso è costretto a cercarmi, per far capo a questa situazione assurda.

Sento fischiettare. Che succede? Il cuore inizia a scoppiare nel mio petto. Un rivolo di bava mi scorre sul mento mentre l'occhio buono si spalanca sulla sua silhouette.

È lui (o lei). Sta tornando.

È finita. Ha detto che sarebbe tornato per uccidermi.

I suoi passi. Sento ormai i suoi passi avvicinarsi. Vedo avvicinarsi il fascio di luce.

Non ho altra speranza di quella di non soffrire.

Sto farneticando... prego Dio che almeno faccia in fretta. Prego Dio che non mi faccia soffrire.

29

Cielo grigio piombo ma niente pioggia. Alle nove meno cinque minuti Cunnigham si fece lasciare da Higgins in via Visconti di Modrone. Desiderava avere qualche minuto per riordinare le idee ma siccome amava percorrere a piedi il breve tragitto da lì fino al bar *Taveggia* per buttare un'occhiata qua e là sulla gente sempre in corsa, suo malgrado si distrasse.

Bella gente i milanesi del centro, considerò una volta di più. Elegante, un po' chiusa, solo in apparenza in understatement.

Era sufficiente che non aprissero bocca - che orrore quell'inflessione lombarda! - per sembrare autentici snob.

All'angolo con via Borgogna, comprò i quotidiani. Si fermò qualche minuto per sfogliare le pagine di cronaca e, con sollievo notò che le notizie relative alla Sandri ancora non comparivano.

Poco dopo varcò l'ingresso del *Taveggia* inebriandosi dei profumi golosi che vi aleggiavano, e assaporando già con la mente lo squisito cappuccino del vecchio bar.

«Sir Cunnigham! Ha davvero un bell'aspetto, nonostante l'orario insolito per lei». Il capocameriere lo accolse con il consueto entusiasmo, forgiato negli anni dalle cospicue mance dell'inglese che aveva eletto quel locale a punto d'incontro ideale con clienti e amici. L'appunto sull'orario smentì per una volta la famosa caratterialità di Cunnigham che, com'era noto a tutti quelli che lo conoscevano, dedicava le prime ore del mattino al suo bulldog soltanto perché non amava per nulla applicarsi presto al lavoro e alle pubbliche relazioni. La sua socievolezza si manifestava infatti solo verso il primo pomeriggio e di questo soltanto un cane poteva infischiarsene.

«Buongiorno Bruno. Spero che il mio tavolo sia comunque disponibile».

«Sicuramente, Milord. La signora che deve incontrare è già arrivata».

Prima di avvicinarsi al tavolo, Cunnigham sbirciò nella specchiera la donna cui aveva dato appuntamento. Bionda e slavata, leggermente sovrappeso, sedeva con nonchalance sulla pelliccia di visone sfilata evidentemente da seduta. Appoggiata al tavolo sui gomiti, parlava animatamente al cellulare e gesticolava con la mano libera aperta, irrigidita da un numero eccessivo di anelli.

Attese la fine della telefonata e le si accostò: «Signora Setti? Sono Lester Cunnigham».

Laura Setti levò lo sguardo su di lui e parve sorpresa: «Non mi aspettavo che lei fosse… *così*, anche se devo dire che Viola si è sempre contornata di uomini molto affascinanti».

Cunnigham le si sedette di fronte e accavallò le gambe con studiata lentezza. «Dunque, devo interpretare quel *così* come un complimento, e la ringrazio. Alla mia età certe abitudini inevitabilmente si perdono».

«Non dica bugie, Cunnigham» melodiò lei con un atteggiamento birichino che spiazzò l'inglese, preparato a tutto in quell'incontro fuorché a ricevere avances da una sconosciuta.

L'arrivo di Bruno frantumò l'attimo d'imbarazzo fra loro e ordinarono per Cunnigham «Cappuccino e croissant» e per la Setti «… soltanto un caffè, grazie».

«Allora, mi dica, cosa sta succedendo a Viola?» esordì la donna quando rimasero soli.

«Come le ho detto per telefono, ieri la Sandri è scomparsa nel nulla. Dal momento in cui è entrata nella casa di famiglia, ha iniziato a ricevere regolarmente biglietti di minaccia da un ignoto squilibrato. Logicamente il fatto le ha procurato uno stato d'ansia e di terrore incontrollabili e ha avvisato subito la polizia. Tuttavia, stabilendo con l'aiuto degli esperti che la calligrafia di quei messaggi è da attribuire proprio a Viola, anche la polizia ha preso il problema sottogamba». Notando l'aria scettica della sua interlocutrice, Cunnigham indugiò un attimo prima di aggiungere: «Mi sembra perplessa».

In effetti Laura Setti pareva distratta se non evasiva, per nulla colpita dall'argomento. E, forse per giustificare la sua mancanza di reazione all'inquietante racconto dell'inglese, interloquì stringendosi nelle spalle con aria quasi avvilita. «Viola è una persona difficile, Lester».

L'uso da parte della Setti del suo nome proprio irritò Cunnigham, decisamente poco incline alle donne dall'iniziativa facile. E le ribatté secco:

«Cosa intende signora per *difficile*? Si riferisce forse ai problemi psicologici della Sandri?».

«Già» rispose lei ignorando il cambio d'umore di lui. «È stata in cura da uno psichiatra».

«Lo so, me lo ha detto Paolo Brandi».

«Dove ha conosciuto Paolo?».

Cunnigham riassunse gli avvenimenti degli ultimi giorni, compresa la visita del Brandi al dottor Collini e ciò che i due si erano detti a proposito di Viola. Omise però il dettaglio della presunta scomparsa pure del Brandi, anche perché dopo aver parlato con Higgins non ne era più tanto certo.

«In conclusione, la polizia non crede a Viola. Taddei la ritiene una mitomane, a maggior ragione sapendo che frequentava uno psichiatra. Io invece le credo, e non so nemmeno perché. In fondo la conosco appena. Voglio aiutarla ed è questa la ragione che mi ha spinto a parlare con lei. Paolo mi ha detto che siete state molto amiche».

Gli occhi della donna si fecero due fessure e il suo volto sciapo s'indurì. Si sporse verso di lui, poggiò una mano sulla sua e sussurrò: «È innamorato di lei, vero?».

Lui ritrasse la mano e le rispose: «No, ma credo che non mi sarebbe difficile perdere la testa per una donna così. La disturba?».

«Perché dovrebbe disturbarmi?».

«Perché è molto chiaro il suo rapporto di competizione con Viola».

«Lei non mi conosce, né conosce Viola: dovrebbe almeno chiedersi se non potrebbe essere vero il contrario, ovvero che sia sempre stata lei a essere in competizione con me». Si ravviò i capelli e, abbassando la voce, concluse: «Quindi, non sia sfrontato».

Cunnigham sorrise. «Non quanto lei, signora».

Con un balzo, la Setti si allontanò il più possibile dal tavolo come se all'improvviso la tovaglia avesse preso fuoco, e cercò sostegno nella spalliera del divanetto. «Cosa vuole da me?».

«Forse ho già saputo quello che volevo: nemmeno lei crede a Viola e questa sarà l'impressione che trasmetterà anche alla polizia. Ciononostante mi potrebbe essere utile conoscere l'origine dei problemi psicologici della sua amica. Mi può aiutare?».

«Si figuri, sono stata io a indicarle Collini. Circa cinque anni fa, senza un motivo apparente Viola iniziò a soffrire di gravi crisi di panico. A quel tempo, io ero assistente di Collini in Università e lo pregai di vederla. Lui le diagnosticò una grave e particolare patologia compulsivo-depressiva da curare con sedute di analisi e farmaci adeguati. Lei si sottopose a tre incontri settimanali per due anni, finché incontrò Paolo. Da quel momento, Collini non la vide più».

«Lei lavora ancora con il professor Collini?».

«No. Lui lasciò la Statale circa un anno e mezzo fa e da allora c'incontriamo di tanto in tanto a qualche seminario».

«Che genere di seminario?».

«Sono tutti incontri sull'evoluzione dell'ipnosi, argomento nel quale sia io sia Collini ci siamo specializzati».

Come previsto da Taddei, la perquisizione di *"Villa Sandri"* iniziò alle nove e trenta di quella stessa mattina e purtroppo si rivelò proficua sin dall'inizio.

Tre agenti di polizia preceduti da due tecnici della Scientifica avevano cominciato dall'ingresso e, terminati i primi rilevamenti, prima di affrontare locale per locale, decisero di esaminare la cantina. Rilevate le impronte digitali sulla porta nel sottoscala, fecero saltare la vecchia serratura e un poliziotto insieme con un tecnico discesero la scala potenziando la luce fioca della tartaruga centrale con i fasci di grosse torce elettriche.

Nell'interrato, l'ambiente sembrava unico, a volta di mattoni, pieno zeppo di cianfrusaglie accatastate in chissà quanti anni. A un cenno del tecnico, l'agente abbassò il fascio della torcia al pavimento per permettere al collega di rilevare campioni da terra.

«Non ti muovere, Gianni. Qui ci sono delle orme fresche».

In silenzio, il poliziotto passò la pila all'altro che seguì le tracce con la luce fino in fondo alla cantina.

«Laggiù ci dev'essere un passaggio, che ne dici?».

«Lo credo anch'io, ma da qui non si vede un tubo» rispose l'agente sempre immobile.

«Devo prima finire con i reperti di questo locale, poi vedremo».

Dopo un quarto d'ora, liberi di muoversi, i due si avvicinarono al punto dove le orme sembravano finire. E fu così che scoprirono una bassa porta in legno, seminascosta da uno scatolone.

Le operazioni di rilevamento obbligatorie ritardarono parecchio anche l'apertura di quel pertugio e, quando infine gli uomini furono in grado di spalancarlo si ritrovarono all'apice di un passaggio buio, stretto e angusto. Lo percorsero con difficoltà, uno dietro l'altro e ben presto si accorsero che si sfrangiava in alcune diramazioni laterali.

«Abbiamo bisogno d'aiuto. I cunicoli sono troppi, chissà dove portano» sussurrò l'agente.

«Probabilmente si tratta soltanto di una complicata rete di collegamento degli scantinati» ipotizzò l'altro. «Chiama Taddei con la radio e chiedi cosa dobbiamo fare: in ogni caso qui c'è da perdere tutta la giornata».

Il commissario intimò di continuare le ricerche. Con gli agenti di rinforzo, scesero anche lui e il

Perini e in meno di un'ora, in fondo a un cunicolo, trovarono un cadavere con il cranio sfondato. Poco distante, giaceva l'arma del delitto, una testa infantile di bronzo.

30

È qui. Vicino a me. Sento il suo respiro ansimante.

Ora il mio cuore sembra fermo. Non sento né freddo né dolore.

Perché non parla? Perché non si muove?

Non oso alzare lo sguardo. Non oso respirare.

Ecco... inizia il sussurro. Come un sibilo.

Non capisco quello che dici. Sto gridando.

C'è un cambiamento di programma piccola, per ora ti lascio libera.

Perché? Cosa significa?

Mi dà uno schiaffo. Non urlare, stronza. Capirai da sola perché.

Non so dove sono. Non riuscirò a uscire di qui, al buio.

Me ne fotto. Provaci.

Ride. Una risata strana come un ringhio. Deve avere un cappuccio sulla testa perché la sua voce sembra ovattata.

Con un coltello taglia la corda che imprigiona i miei polsi. Tento di muovere le braccia ma il dolore è lancinante. Sono rimasta troppo tempo nella stessa posizione.

*Poi finalmente se ne va. Veloce. Zigzagando
nel riverbero del fascio della pila.*

31

Cunnigham e Higgins rientrarono alla
"Magnolia" intorno alle undici, giusto in tempo
per assistere all'uscita dalla villa a fianco del
classico contenitore di alluminio destinato al
trasporto di cadaveri, sulle spalle di quattro
poliziotti.

L'inglese sbiancò. «Viola!».

Si scaraventò fuori dalla Bentley e tentò di
fendere a spintoni la folla di curiosi e giornalisti
per raggiungere Taddei, in piedi sulla soglia
della villa. Ma il muro di gente era
impenetrabile.

«È la Sandri?» domandò a un giovane al suo
fianco senza togliere gli occhi dal feretro.

«Non lo so, signore. Ancora non hanno
comunicato nulla».

Cunnigham si girò e riconobbe Matteo, il figlio
del cardiologo Binelli.

«Sei qui da molto?».

«Da pochi minuti. Stavo rientrando da scuola
perché non mi sento bene e ho visto la nostra via
bloccata dagli agenti».

L'inglese non disse altro e riprese a spintonare
i suoi vicini per farsi spazio. Ma quando
guadagnò la prima fila, Taddei, seduto sul

111

cellulare, stava chiudendo la portiera mentre già iniziavano a suonare le sirene. La folla che si era aperta a ventaglio per lasciar passare il mezzo insieme con un'altra pattuglia, si richiuse in silenzio.

Pensando che dalla finestra dello studio avrebbe potuto seguire i movimenti della polizia rimasta a *"Villa Sandri"*, Cunnigham allungò il passo verso casa sua.

Oltrepassato il cancelletto, ancora in giardino, si trovò di fronte Higgins con un'aria per lui insolitamente ansiosa.

«Milord, non trovo più Lothar. L'ho chiamato più volte ma non risponde».

«Via, Higgins, non diciamo scemenze! Dove vuole che sia? Era chiuso in casa, no? Adesso qui spariscono tutti, secondo lei?». Irritato, scostò il cameriere ed entrò in casa chiamando il cane.

«Lothar! Ehi Lothar! Guarda un po' che bel pezzo di sa-la-mi-no».

Parola magica e il cane si palesò rombando dal guardaroba col faccione aperto in quello che si sarebbe potuto dire un largo sorriso.

Per non deluderlo, Cunnigham tenne fede alla promessa e si avviò in cucina, seguito dal vecchio Higgins, molto sollevato.

«Ha visto, amico mio? Il cane è un essere semplice e un po' tonto, per questo è il miglior amico dell'uomo!».

Ma, immediatamente dopo aver trangugiato il goloso boccone, il bulldog ruotò su se stesso e tornò sui suoi passi. Senza una parola, Cunnigham e Higgins si guardarono fra loro e lo seguirono fino al giardino d'inverno.

«Sssst...» intimò l'inglese al cameriere portandosi l'indice alle labbra.

Lothar ringhiava e raspava contro lo stipite della portafinestra chiusa. Cunnigham si avvicinò, aprì i vetri e, attraverso le veneziane, esclamò a voce alta: «C'è qualcuno lì fuori?».

Di rimando si udì una voce bassa ma impetuosa: «Lester, sono io. Paolo. Paolo Brandi. Presto mi apra!».

L'inglese trasalì. Girò la chiave nella serratura e aprì le imposte. «Ma che ci fa lei qui?».

Il giornalista si catapultò all'interno gettando davanti a sé la sacca. Si rassettò con le mani l'impermeabile e i pantaloni e si diresse verso il salottino dove schiantò su una poltroncina. Si ravviò i capelli e chiuse gli occhi. «Ora le spiego tutto, Cunnigham. Prima però devo essere sicuro di poter contare su di lei».

«In che senso?».

«Nel senso che ho bisogno di nascondermi da qualche parte e, preferibilmente, in casa sua dal momento che è adiacente alla casa di Viola».

«Ma è ovvio, scusi, che si può nascondere qui!».

Higgins lanciò un'occhiata in tralice a Cunnigham e come unica risposta si beccò una sbrigativa smorfia di supponenza.

«In quella casa sta succedendo qualcosa di strano, Lester. Quando ieri sono entrato, il portoncino era aperto e Viola non c'era. Ho sentito dei rumori nello scantinato, ma la porta era stata chiusa a chiave dall'interno. Poco dopo è arrivata la polizia. Sono uscito dal retro, ho scavalcato la recinzione e mi sono nascosto nella sua legnaia. Non potevo farmi trovare lì. Per molti motivi. Il primo in assoluto è la mia sicurezza che, nonostante le apparenze, Viola sia la vittima innocente di qualche pazzo, e voglio capire di chi si tratta. Da qui ci sarà facile indagare per i fatti nostri e anche entrare a *"Villa Sandri"*».

«Non credo proprio che sarà tanto semplice introdurci in quella casa. Pochi minuti fa dalla villa è stato fatto uscire un cadavere» aggiunse costernato Cunnigham.

Gli occhi di Brandi si dilatarono. «Viola?».

«Non so. Spero di no, anche se mi è difficile immaginare qualcun altro. Comunque la polizia ci stazionerà per un bel po', non crede?».

Brandi schizzò in piedi. «Dobbiamo capire se è lei, Lester! Chiami Taddei, con una scusa».

Cunnigham scrollò le spalle. «È rischioso, la mia curiosità desterebbe dei sospetti. Non ci resta che attendere il telegiornale regionale o, alla peggio, l'uscita domani dei quotidiani».

Vinto dalla stanchezza e dalla razionalità dell'amico, Brandi per il momento non osò ribattere nulla e si accasciò ancor di più nella poltroncina.

32

Brancolo nel buio. Le braccia stese davanti a me. I palmi delle mani aperte cozzano di quando in quando contro ostacoli ignoti, pareti slabbrate.

Cammino come un automa, senza sapere dove vado, senza domandarmi nulla.

All'improvviso, sopra di me, avverto dei rumori. Passi, voci lontane, un televisore acceso? Forse sto passando sotto una casa abitata. Mi rianimo. Tasto la parete di fianco con le dita per cercare un'apertura, una maniglia, una fenditura, un interruttore. Niente.

Poco più avanti appare la luce fiochissima che ho individuato quand'ero legata... proseguo diritto e scopro una grata rasoterra. La visibilità è scarsa ma sono sicura che oltre questo pertugio potrei raggiungere l'esterno.

Mi aggrappo ai ferri e provo a tirare verso di me. Niente da fare.

Dovrei gridare aiuto?

E se lui (o lei) fosse qui?

Devo cercare di arrangiarmi. Mi sfilerò dal collo la corda con le chiavi e proverò a usare la più lunga per scardinare ferro per ferro.

33

Taddei rientrò in centrale a mezzogiorno, con la sensazione di trovarsi di fronte a un caso particolarmente ambiguo e insolito.

Non riusciva a togliersi dalla testa che tutto fosse stato architettato dalla mente malata di quella ragazza.

Sul cadavere non s'erano trovati documenti ma, dalla sigla sulla tuta che indossava, era più che sicuro che si trattasse dell'operaio che aveva cambiato le serrature di *"Villa Sandri"*.

Con i giornalisti era stato laconico, tuttavia non aveva potuto evitare di annunciare il ritrovamento del corpo senza vita di un uomo e la contemporanea sparizione della padrona di casa («Per ora è tutto. Quando avremo novità ve le comunicheremo»). Dunque sapeva già che da questo momento avrebbe avuto la stampa alle calcagna senza tregua.

Raggiunto il suo ufficio, il commissario appese cappotto e cappello all'attaccapanni in ferro contro il muro, sedette alla scrivania e si fece chiamare il professor Alessandro Collini.

Quando la segretaria udì che si trattava della polizia, fu costretta ad interrompere il medico durante una visita, pur sapendo che lui non avrebbe gradito.

Infatti poco dopo Collini abbordò Taddei con arroganza: «Che c'è di tanto urgente? Gliel'ha detto la Carmen che sto visitando, no?».

«Purtroppo professore quando c'è di mezzo un cadavere tutto passa in secondo piano, comprese le turbe dei suoi pazienti».

«Un cadavere? E di chi?».

«Se non le dispiace dovremmo parlarne a voce. Dal momento che il morto è stato trovato in casa di una sua paziente, la signorina Viola Sandri, dovrebbe cortesemente presentarsi al commissariato di via Feltre non appena le sarà possibile. E ciò è quantificabile nel tempo per giungere da casa sua a qui».

Collini titubò con sgradevole ritrosia: «Non capisco in che cosa potrei esservi utile dal momento che sono legato dal segreto professionale».

Taddei sospirò. «Sappiamo, sappiamo. Lei però potrebbe illuminarci riguardo alcuni dettagli dei quali al telefono non intendo accennare. L'aspetto».

Il medico riattaccò con stizza. Tutto sommato, era meglio che andasse lui alla polizia piuttosto del contrario, altrimenti chissà le chiacchiere di tutto il palazzo. In tutti i casi, non poteva però ignorare che la faccenda Sandri non avrebbe di certo apportato pubblicità positiva al suo buon nome e questo era un motivo più che valido per mantenergli i nervi tesi.

Congedato il paziente di turno, indossò il cappotto e passando davanti a Carmen l'avvertì di cancellare qualunque appuntamento seguente «...per motivi personali. E per cortesia non accenni a chiunque della telefonata con la polizia».

La donna, che stava parlando al telefono, s'interruppe coprendo con la mano la cornetta. «Certo professore, sa di poter contare sulla mia discrezione. In questo momento però ho in linea la dottoressa Laura Setti. Vorrebbe parlare con lei, insiste che la cosa è più che urgente».

«Me la passi in studio».

Senza spogliarsi, Collini rientrò nella sua stanza e chiuse la porta prima di alzare la cornetta.

«Ciao Alessandro, scusa, ti porterò via solo pochi minuti ma quando saprai, capirai perché ho insistito».

«Dimmi» attaccò lui asciutto.

«Si tratta di Viola Sandri, te la ricordi?».

Lui la interruppe subito: «Anche tu! Ma che sta succedendo?».

La Setti riferì al collega le sue telefonate con Paolo Brandi e l'incontro con Cunnigham al bar *Taveggia*, durante il quale aveva saputo che l'amica era scomparsa dopo che, da qualche giorno, riceveva minacce di morte anonime.

«...e dal momento che le lettere anonime risultano autografe, pare che i sospetti della polizia siano incentrati proprio su Viola, ovvero si pensa che sia proprio lei l'artefice di un'assurda messinscena. A maggior ragione dal momento che si è saputo che è stata in cura da te per più di due anni. Mi è sembrato giusto avvisarti perché sono certa che la polizia ti chiamerà».

«Già fatto. Quando hai telefonato stavo andando per l'appunto al commissariato di via Feltre dove sono stato convocato al più presto. Questa mattina, in casa della Sandri pare sia stato ritrovato il cadavere di un uomo. Comunque, grazie. Sicuramente è meglio sapere prima di che morte morire».

«Aspetta, non riattaccare... Con Cunnigham mi sono lasciata sfuggire che sono stata tua assistente e che ogni tanto c'incontriamo ai seminari sull'ipnosi».

L'uomo s'irrigidì. «Che significa? Cosa temi?».

«Be', ti ricordi di quegli esperimenti di liberazione dell'inconscio e di controllo a distanza per i quali proprio Viola si prestò da cavia?».

«Certo, ed era un soggetto molto ricettivo. Ma che c'entra?».

«Non so, ma sono in ansia. Potrebbero sospettare di noi. Tu hai più continuato con lei?».

«Ma no! Avrei dovuto farlo senza il suo consenso, sono più di due anni che non la vedo. Non mi dire che invece tu...»

«Certo che no, ma sai com'è, sviscereranno tutto di lei, potrebbero pensarlo».

Nonostante il tono sicuro, Laura non riuscì a convincere del tutto Collini, così a lui venne da dire: «È una questione di coscienza. La vecchia storia della coscienza pulita. *Male non fare, paura non avere.* Non si dice così?».

Anche il cardiologo Binelli, quando rientrò per pranzo, fu costretto a farsi strada a suon di clacson fra i giornalisti e i curiosi ancora assiepati davanti a *"Villa Sandri"*.

Uscendo a piedi dai garage, non poté fare a meno di perdere qualche istante a osservare i due agenti che ne piantonavano la soglia e il febbrile andirivieni di personaggi muniti di strumenti di rilevazione, sacchetti trasparenti, guanti di lattice, maschere-filtro e quant'altro di riconducibile alla più tradizionale scena di un film giallo.

«Che succede là fuori?» domandò alla moglie appena entrato in casa, senza un saluto.

«Hanno trovato il cadavere di un uomo nella cantina della Sandri».

«E di lei nessuna nuova?».

«No. Sembra sparita nel nulla».

Lui si spogliò e la precedette a tavola. Non appena furono seduti, la filippina, in perfetto sincronismo, si precipitò con la zuppiera del minestrone.

Occhieggiando il posto vuoto del figlio, il dottore arcuò un sopracciglio. «Matteo non è ancora tornato da scuola?».

«Si potrebbe quasi dire che non ci è mai andato, dice di essersi sentito male e, per la verità, ha qualche linea di febbre».

«Così s'è sfangato anche l'interrogazione di filosofia» aggiunse lui sospirando con aria esplicita. «Bello stronzo. Dovremo far qualcosa con quel fanigottone, lo sai?» concluse servendosi di abbondante minestrone.

Quando poteva, Cunnigham dopo pranzo amava schiacciare un pisolino. E non tanto perché avendo superato la mezza età ne sentisse particolarmente il bisogno, quanto perché si trattava di un'abitudine remota, inculcatagli dalle sue numerose nanny fin dalla più tenera età.

Così, anche quel giorno ritenne che forse un po' di relax gli avrebbe schiarito le idee e Brandi ne approfittò.

Il telegiornale regionale delle due aveva menzionato la faccenda di via Caccianino solo brevemente, incentrando la comunicazione soprattutto sulla scoperta nella villa del cadavere di un operaio specializzato. La notizia aveva tranquillizzato sia lui sia l'inglese riguardo l'incolumità di Viola e, dentro di sé il giornalista decise che, al momento buono, avrebbe trovato il modo di raggiungere lo scantinato della casa adiacente. Laggiù era convinto di trovare la risposta alla scomparsa della ragazza. Che l'inglese approvasse o no, lui avrebbe fatto almeno un giro di perlustrazione.

E il momento buono si palesò non appena Cunnigham, bevuto il caffè, spinse sulla tavola davanti a sé il tovagliolo, ed enunciò: «Bene, amici miei, vi lascio per un'oretta. Anche voi cercate di riposarvi un po'».

Seguito da Lothar, l'uomo salì le scale e si rinchiuse in camera da letto.

Higgins fece altrettanto, ma prima dovette sparecchiare e rassettare la cucina, così Paolo Brandi fu costretto a friggere nella camera degli ospiti finché non udì scemare ogni rumore dalla zona di servizio.

Per sicurezza, attese ancora qualche minuto e poi, felpato, discese la scala fino alla portafinestra sul retro dalla quale era entrato. Stando rintanato per tutte quelle ore nella legnaia di Cunnigham, aveva potuto notare nel giardino un tombino molto largo, poco distante dalla fontana con il Nettuno. La sua idea era quella di calarsi da lì sottoterra perché di certo doveva trattarsi di un accesso alle acque nere.

Il Brandi ipotizzava che, nella peggiore delle ipotesi, i due interrati, quello di Viola e quello di Cunnigham, dovevano essere adiacenti. Nella migliore, addirittura comunicanti. E sperava da laggiù di poterlo constatare.

Si guardò alle spalle per controllare che nessuno lo stesse osservando e, senza esitare, spalancò la botola in ferro, accese la pila che aveva portato da casa insieme con un paio di cesoie e, dopo essersi richiuso lo sportello sulla testa, si calò dalla breve scala a pioli fino a raggiungere quello che mai più si sarebbe aspettato di trovare.

Si poteva definire un cunicolo percorribile in piedi, del tutto asciutto e completamente buio. Brandi ne dedusse che non aveva niente a che vedere con le fogne, ma non perse tempo a pensare a dove diavolo si trovasse e vi si avventurò sparando davanti a sé il fascio della luce portatile.

Percorse qualche metro e ben presto si accorse che quel budello si diramava a destra e a sinistra in cunicoli simili. Calcolando che la casa di Viola dovesse trovarsi alla sua sinistra, tornò indietro e imboccò la prima deviazione in quella direzione.

Non poteva negare di sentirsi piuttosto a disagio in quell'oscuro meandro, tuttavia si fece coraggio e proseguì con la sensazione di entrare nel ventre di un mostro di cemento.

Anche quel bugigattolo di quando in quando si diramava, ma lui procedette sempre avanti convinto di arrivare entro breve tempo nei pressi dell'interrato di Viola. E quando scorse sul fondo una piccola luce, ne fu quasi certo e accelerò il passo con il cuore in gola. Ma non raggiunse mai quella luce perché, d'un tratto, qualcosa di rigido gli si frappose fra le gambe e lui inciampò cadendo faccia a terra.

Leggermente stordito, tentò di rialzarsi ma non ne ebbe il tempo perché dopo una frazione di secondo, annientato dal dolore, avvertì i colpi mortali accanirsi uno dopo l'altro proprio in mezzo alla schiena.

<h2 style="text-align:center">34</h2>

Sto lavorando da non so quanto tempo con la chiave contro questa maledetta grata.

L'occhio destro non si è ancora aperto. Non sento dolore, anche se non capisco come faccio a reggermi in piedi.

La forza della disperazione. Dev'essere così.

Le mani mi sanguinano ancora, ma non voglio mollare.

Le sbarre sono solo quattro, incrociate, schermate da una rete metallica che ho già rimosso perché era fissata soltanto da qualche pezzo di filo di ferro marcio. I ferri sono resistenti ma il vecchio cemento che li trattiene è abbastanza friabile. Piano piano una delle due sbarre orizzontali sta cedendo. Se riuscirò a togliere anche l'altra, passerò facilmente nello spazio fra le due verticali. È abbastanza largo. Ce la farò. Devo farcela.

La luce è troppo scarsa ma riesco comunque a capire che oltre questo passaggio (una grande bocchetta d'areazione?) c'è un locale chiuso. Forse è una cantina. Intravedo le ombre di contenitori e oggetti...

Ce la farò. Lo sento.

35

Erano le tre quando Alessandro Collini fu introdotto da un agente nell'ufficio di Taddei.

Il commissario si alzò dalla sedia e accolse il medico con un sorriso stanco. «La ringrazio di essere venuto, professore.»

L'altro rispose con un cenno del capo, neppure si spogliò e sedette con aria poco agréable sulla seggiolina in ferro davanti alla scrivania.

Mentre sintetizzava i fatti avvenuti a *"Villa Sandri"*, Taddei si trovò a considerare quanto l'uomo di fronte a lui fosse totalmente privo di fisico del ruolo.

Pareva più che altro uno gnomo di quelli ritratti sui tappi delle birre tirolesi. Scostante, tutt'altro che empatico, con quello sguardo di difficile lettura ingigantito dalle lenti spesse.

In una parola, sgradevole.

Mica me lo devo sposare, concluse infine fra sé e gli allungò i tre messaggi anonimi trovati dalla Sandri.

Collini non parve per nulla colpito da ciò che vide. Né li lesse né li prese in mano. «Conosco bene questo materiale, commissario».

Taddei spalancò gli occhi e non trattenne un moto di stupore. «Come?».

«Certo. Si tratta di un esercizio di liberazione dell'inconscio cui sottoposi Viola Sandri alcuni anni fa. A grandi linee le posso dire che la ragazza soffriva di turbe della personalità dovute alla sua incapacità di esternare la normale aggressività insita in ognuno di noi. Sottoponendola all'ipnosi, scoprii che Viola era patologicamente vittima della sua insicurezza. Una donna del tutto priva di autostima che non era in grado di decidere chi realmente fosse. Dunque il suo desiderio inconscio era quello di cambiare identità, uccidendo ogni volta la precedente. Le è chiaro?».

«Sì e no, professore. Ma quello che mi domando è come questi fogli siano tornati alla luce in questi giorni».

«Questo non glielo so spiegare. Tuttavia deve sapere che al suo risveglio, il paziente non ricorda nulla di ciò che ha vissuto nello stato di ipnosi. Quando decisi che per la Sandri quel tipo di terapia era finito, riunii gli scritti e li sigillai in una busta che consegnai alla mia paziente quando mi comunicò la sua decisione d'interrompere i nostri incontri. La pregai di non aprirla, e di conservarla insieme con gli altri test che aveva affrontato perché sarebbe stata una documentazione importante per l'eventuale nuovo terapeuta che avesse scelto. Si potrebbe dedurre che in questi giorni di trasloco Viola abbia ritrovato la busta e l'abbia aperta». Collini fece una breve pausa e Taddei notò che sembrava incerto, sospeso, come avesse perduto gran parte della precedente prosopopea. «Francamente, nel caso che davvero le cose siano andate così, non so prevedere che tipo di reazione avrebbe potuto avere Viola alla visione di quelle pagine» continuò lo psichiatra, «anche se le garantisco che non le avrebbero potuto ricordare nulla in relazione a se stessa. D'altro canto, da quello che mi ha riferito Paolo Brandi, parrebbe che la Sandri sia ripiombata in uno stato grave di depressione e, non seguendola da tempo, mi è difficile immaginare cosa le avrebbe potuto far frullare per la testa una simile scoperta. Potrei azzardare che Viola abbia utilizzato quegli scritti per richiamare su di sé l'attenzione altrui in un nuovo momento di forte disagio psicologico, di fragilità».

Taddei si allungò sulla scrivania, poggiò i gomiti sul tavolo, il viso sulle dita intrecciate e fissò Collini tentando di catturarne lo sguardo. «Bisogna vedere se è nato prima l'uovo o la gallina, non crede? La domanda che sto per farle le sembrerà capziosa, ma mi pare inevitabile. Questi esperimenti si possono effettuare anche da lontano, professore? Voglio dire: è possibile che a un segnale convenuto (uno squillo del telefono? Il suono di una sveglia?), il paziente si ritrovi a fare inconsciamente ciò che gli ordina il terapeuta?».

Collini non si scompose, anche se all'arguto ispettore non sfuggirono né il tic nervoso che ritmicamente iniziò a increspargli l'angolo dell'occhio destro, né l'acidità del tono della sua risposta.

«Naturalmente è possibile commissario, con il presupposto di una preparazione notevole da parte del terapeuta unita a una predisposizione particolare del paziente. Due elementi che sia io che la Sandri possiamo vantare se, come immagino, è questo che le interessa sapere».

Senza staccare gli occhi dallo psichiatra, Taddei si ritrasse, si abbandonò contro lo schienale della sedia e, quando tornò a parlare, sembrò soppesare parola per parola: «Allora sono costretto a dirle che finché non ritroviamo Viola Sandri, lei dovrà considerarsi ufficialmente indagato per presunto abuso della sua professione, professore. Da questo momento ha diritto di parlare in presenza del suo legale. Non potrà evitare in alcun modo la perquisizione del suo ufficio né di essere reperibile dalla polizia in ogni momento finché non sarà sciolto questo enigma».

Le labbra di Collini divennero una linea irregolare, come uno sgorbio. «Allora, non dovrò essere l'unico a subire questo trattamento. A questo punto è giusto che lei sappia che non ho lavorato da solo a quegli esperimenti. A quel tempo avevo un'assistente, la dottoressa Laura Setti. Fu lei a presentarmi Viola Sandri, sua grande amica d'infanzia. In tutta sincerità mi sento responsabile del lavoro dei miei assistenti finché posso controllarlo, ma poi... Non so che uso la Setti possa aver fatto dei nostri comuni studi».

Cunnigham si svegliò alle tre passate e sentì subito il desiderio di un caffè. Ancora a letto con il bulldog allungato al suo fianco col testone sul cuscino (sic!), allungò il braccio verso il campanello e chiamò Higgins.

Il maggiordomo entrò dopo qualche minuto - senza bussare - reggendo un piccolo vassoio con il caffè.

«È già zuccherato, Milord».

«Ormai lei mi legge nel pensiero, Higgins» Cunnigham sorrise. «Ma che ha? Trovo piuttosto strano che non si lamenti come sempre del cane sul letto».

In effetti Higgins aveva un'aria scoraggiata e neppure s'era accorto di Lothar che lo stava guardando di tre quarti, dalla parte del muso con l'occhio scuro, in attesa della consueta sgridata.

«Non so come dirlo, Milord».

«Ci provi» lo esortò l'inglese portando alle labbra la tazzina fumante.

«Brandi è scomparso».

Cunnigham ebbe un sussulto e il caffè andò a farsi benedire sulle lenzuola di lino. «Accidenti Higgins, lei deve dimenticare quel verbo! Questa casa è enorme: sarà in bagno, nella biblioteca al primo piano, nel conservatory... Ha guardato bene?».

Le punte all'insù dei baffi del cameriere tremarono di sdegno. «Questa volta, Milord, sono sicuro. Controlli da sé».

L'inglese ispezionò tutta la villa, e non gli ci volle molto per capire che Higgins non sbagliava. Di Brandi nemmeno l'ombra. Dove poteva essere andato? Non certo a spasso di fuori, visto che la via pullulava di agenti. E allora dov'era finito, maledizione a lui?

«E ora speriamo che non si sia ficcato in qualche guaio, altrimenti ci andrà di mezzo anche lei, Milord» commentò Higgins con sussiego.

L'inglese non rispose. Tutto sommato non poteva negare di dover dare ragione a Higgins. E poi, continuava ossessivamente a pensare a dove cavolo si fosse infilato quel testardo di giornalista. Si diede pure dell'idiota perché avrebbe dovuto intuire che il Brandi fosse determinato ad agire con la sua testa, al di là di ogni ragionevole riflessione.

Buttò lo sguardo in giardino. Ma no, si convinse che il Brandi non avrebbe osato uscire all'aperto, tanto meno così vicino agli agenti che entravano e uscivano senza interruzione da *"Villa Sandri"*.

La voce del maggiordomo spezzò il suo assillo. «Che ne facciamo della sacca di Mister Brandi, Milord? Non mi sembra il caso di tenere in casa la prova che abbiamo rivisto quell'uomo».

E bravo Higgins! Hai fatto il bis, pensò Cunnigham con amarezza.

«Giusto, amico mio. Che ne facciamo?».

«Se crede potrei buttarla nel cassonetto della pattumiera. È proprio di fronte a *"Villa Sandri"* e per ora non è stato controllato dalla polizia».

«Buona idea. Ma per farlo non potrà passare inosservato davanti agli agenti» osservò preoccupato l'inglese.

«Potrei uscire a buttare le confezioni della torta e dei salatini del *Taveggia* per la cena di stasera, arrivati mentre lei dormiva».

«Quale cena di stasera?» ruggì Cunnigham e cercò di far mente locale a quell'impegno totalmente dimenticato - insieme a tutti gli altri, del resto.

«Pensavo che si ricordasse Milord, di aver invitato il conte e la contessa Valeri insieme all'antiquario Subert, per la vendita di quel dipinto di Turner».

Dio, era vero! Che pasticcio. Quella era la serata più sbagliata per una cena d'affari. E se si fosse ripresentato il Brandi? E se di punto in bianco alla polizia fosse venuto in mente di perlustrare la sua cantina? E se si fosse ritrovata Viola?

Amen. Ormai era troppo tardi per annullare quell'invito. Cunnigham si rassegnò e Higgins procedette infilandosi prudentemente un paio di guanti e si apprestò a uscire, carico di scatole in una mano e di un sacchetto per spazzatura condominiale nell'altra. E, dalla finestra, Cunnigham verificò che il vecchio cameriere fu davvero magistrale a svuotare in una frazione di secondo il sacco nero proprio nell'unico, breve momento in cui tutti i poliziotti si trovavano all'interno di *"Villa Sandri"*, facendo subito dopo ricadere le scatole e i sacchetti del *Taveggia* sopra il suo scottante contenuto.

36

Ce l'ho fatta! La sbarra s'è divelta e, miracolosamente, ha ceduto anche l'altra estremità come se da sola si fosse sfilata dal muro.

Mi sono inutilmente aggrappata alla grata tentando di staccare tutto il resto. Così ho dovuto continuare ancora un po' a lavorare con la chiave sulla seconda sbarra orizzontale, sempre all'estremità destra finché sono riuscita a rimuovere anche quella.

Mi sdraio e m'infilo lateralmente fra i due ferri verticali. Lo spazio è angusto, ma posso passare. Testa e spalle contratte, striscio sul pavimento... ci sono a metà. Mi rigiro sul ventre e l'ultima spinta la do con i piedi.

Arrivata. Sono arrivata. Resto sdraiata così come sono per qualche minuto finché il respiro mi si normalizza.

È quasi buio. La poca luce che vedevo, filtra da una feritoia alta, a livello della strada. Passo una mano sul pavimento. Piastrelle. Una cantina. Non sbagliavo. È certamente una cantina, anche se non c'è odore di chiuso né di umidità.

Sicuramente ci sarà un interruttore per la luce. Mi alzo. Devo trovarlo. Brancolo di nuovo con le braccia tese in avanti. Devo cercare la scala: di solito gli interruttori centrali sono lì.

Seguo il perimetro della stanza sfiorando le pareti e finalmente trovo l'apertura della scala.

Affronto il primo scalino reggendomi al corrimano. Poi il secondo. Rumori. Sento dei passi, delle voci... sopra, in casa c'è qualcuno.

Continuo a salire, fino alla fine della scala. Tasto i muri con le dita e trovo l'interruttore. Accendo la luce e ridiscendo la scala. È rivestita in grès, e conduce in un grande ambiente.

La parete a sinistra è totalmente attrezzata a rastrelliera portabottiglie. Mi avvicino. Scopro una sequela di etichette pregiate. A destra, riconosco le ombre che intuivo da fuori. Sono bauli, valigie, scatoloni, vecchi sci di legno, mazze da golf ordinatamente sistemati. Le etichette e le scritte sui colli sono in inglese... La cantina di Cunnigam!

Sono nella cantina di Cunnigham, che fortuna! Se mi scoprirà qui non dovrò avere paura. Lui non può essere il mio persecutore, quel sussurro non aveva alcuna inflessione straniera.

M'incammino verso il fondo del locale e vedo un'altra porta. Blindata. Sì. Proprio una porta blindata, con chiusura a combinazione come una cassaforte. Che ci terrà Cunnigham lì dentro?

La cantina è linda e ristrutturata, assolutamente isolata da ogni infiltrazione. Sembra quasi parte integrante della casa stessa.

Per ora me ne starò qui, poi deciderò cosa fare. Deciderò se chiedere aiuto a Cunnigham o no. Deciderò se tentare di scappare senza farmi trovare da nessuno e cercare di raggiungere il commissario Taddei. Ora sono troppo stanca, devo riposare. Scopro da un telo un vecchio sofà e mi ci sdraio. Sono sfinita. La luce a tempo si spegne. Adesso non ho paura.

37

Alle cinque riprese a piovere a dirotto. Una stagione infernale, quell'anno. I tombini saturi di via Caccianino rigettavano fiotti d'acqua ai lati degli stretti marciapiedi lungo le ville e non c'era anima viva che si spingesse oltre la porta di casa.

I camini fumavano senza sosta e l'ignaro passante avrebbe potuto immaginare atmosfere d'intimità casalinga, quadretti idilliaci, fuochi scoppiettanti riflessi negli occhi dei bambini, sui corpi di amanti appassionati, sulle mani raggrinzite di anziane nonnine sferruzzanti.

Niente di tutto questo in quella via che fino a quel momento aveva goduto di privacy, discrezione e sicurezza al punto che le mamme lasciavano liberi anche i figli più piccoli di andare in bicicletta o di schettinare sull'asfalto di fuori.

In ogni famiglia ora aleggiava il terrore di una squilibrata probabilmente nascosta negli interrati o vagante nei dintorni alla ricerca di una prossima vittima.

Perché, nonostante la polizia avesse fatto il possibile per non divulgare i fatti nel dettaglio, il passaparola della vedova Tirelli perennemente appostata alla finestra, aveva procurato più danni di un articolo di cronaca nera ben informato.

Tutti sapevano che la ragazza era scomparsa, tutti conoscevano l'identità dell'uomo ucciso che il giorno prima l'aveva avvicinata, tutti sapevano che la polizia sospettava di lei.

Ma, a parte l'inglese e il suo maggiordomo, nessuno poteva dire di conoscere davvero il volto di Viola Sandri. Nessuno l'aveva mai veduta da vicino, compresa la Tirelli.

E compreso Matteo, il figlio del cardiologo, la persona del vicinato che si era trovato a pochi metri da lei. Ricordava soltanto un essere allucinato, con le mani sul viso, sdraiata per terra, urlante. Infatti, a sua madre e, come tutti gli altri, alla polizia confessò che non avrebbe saputo riconoscerla a un metro.

Gli unici esclusi da questo stato d'animo, Lester Cunnigham e Mister Higgins, avevano comunque di che preoccuparsi per le conseguenze della fugace visita di Paolo Brandi alla *"Magnolia"* e della sua successiva scomparsa.

In quel momento Higgins era in cucina e stava preparando l'arrosto per la cena. Mentalmente rifece la lista degli ordini di Milord per la serata: aperitivi e salatini, consommé gélé, ravioli di magro della Maria (li avrebbe portati lei entro le sei), arrosto di maiale al latte con cipolle, misticanza, dolce del *Taveggia*, sorbetto al limone e vodka. Stop. L'uomo fece schioccare le dita. Eh no, mancavano all'appello acqua gasata e non, vino bianco e rosso.

Di norma del vino se ne occupava Milord, e Higgins si disse che avrebbe dovuto ricordarglielo al più presto perché il rosso andava stappato almeno due ore prima della cena. Dunque, appena infornato l'arrosto, raggiunse Cunnigham nello studio al primo piano.

Porta chiusa. Higgins bussò e prima di entrare sperò di udire il consueto: «Come in, old man!».

In realtà il richiamo di Milord fu molto meno enfatico. Cunnigham era piuttosto truce. Seduto nella poltrona reclinabile alla scrivania, privo di lavoro davanti a sé. Soltanto in cupa riflessione. E così da almeno due ore. Persino il bulldog ai suoi piedi, pareva osservarlo con una certa apprensione.

«Che c'è?».

«Dovrebbe scendere in cantina per scegliere il vino, Milord».

«Già. La maledetta cena con i Valeri e Subert...».

L'inglese si alzò dalla scrivania e afferrò dal piano gli occhiali da vista. «Tenga qui Lothar. Se mi segue, inizia a voler giocare con i tappi di sughero e mi fa perdere un sacco di tempo».

38

Sono sveglia da un po' ma non riesco ad alzarmi di qui. Ora avverto dolore in tutto il corpo.

Sono confusa, smarrita. Non so cosa fare.

Sento scattare la serratura della porta. Qualcuno sta per scendere.

Non voglio farmi trovare. Non ancora.

Mi nascondo dietro un baule verticale e spingo davanti a me anche un materasso arrotolato. Non ho fatto in tempo a ricoprire il sofà.

La luce si accende. Passi sulla scala.

Da una fessura fra il muro e il baule intravedo Cunnigham.

È proprio lui!

Sono tentata di chiamarlo di chiedergli aiuto... perché non ci riesco? Perché ho di nuovo paura?

Si avvicina alla rastrelliera dei vini con un cesto di vimini in mano. Inforca gli occhiali e studia le etichette.

Una dopo l'altra sistema le bottiglie scelte nel cesto che ha appoggiato ai suoi piedi.

Osservo il suo viso aristocratico. È bello.

È un bell'uomo, lungo e dinoccolato, con mani sensibili, occhi intensi, la bocca sempre arricciata in un mezzo sorriso.

No, non può essere un assassino, sto per uscire da questo angolo, sto per chiamarlo ma lui ad un tratto si gira verso di me. So che non può vedermi ma mi blocco di nuovo.

Ora sta guardando il sofà. Si sta domandando perché è scoperto? Sposta lo sguardo al telo che lo ricopriva e che poco fa ho gettato per terra.

Sembra stupito. Si porta una mano al mento. Sta pensando. Sfiora il sofà e poi si guarda le dita.

No, Lester. Non c'è polvere. Fino a poco fa era coperto.

Vorrei parlare ma non riesco. Perché?

Scuote la testa, ricopre il divano, afferra il cesto e risale la scala.

39

«Tesoro, nemmeno stasera torni per cena? Ti avevo preparato il brasato, quello che ti piace tanto. È sempre per la faccenda di quella ragazza scomparsa?».

Ancora una volta il commissario Taddei non seppe cosa rispondere alla moglie. Come spiegare razionalmente a una donna che per quella miseria di stipendio che prendeva faceva la vita che faceva? L'orario sindacale era un optional, così come gli straordinari che ovviamente un superiore come lui non poteva pretendere. Le soddisfazioni non esistevano in mezzo alla feccia in cui si trovava giorno per giorno a lottare spinto da una sorta di complesso del Don Chisciotte metropolitano.

E poi, nel momento in cui finalmente smascherava il colpevole, subito qualcuno si affrettava a mettergli le mani addosso per farne un trofeo personale. Qualunque avvocato, qualunque giornalista, qualunque pubblico ministero potevano gloriarsi di una preda dopo che lui l'aveva braccata giorno e notte, saltando i pasti e le notti, dimenticandosi di natale e ferragosto, della moglie e dei figli, dell'amante e della madre, del padre e del cane…

Ma soprattutto, come avrebbe fatto a spiegare razionalmente ad Anita che quel lavoro gli piaceva?

Non l'aveva mai dovuto fare, per fortuna sua, perché lei inspiegabilmente l'aveva capito da sola.

Mai una volta che si fosse lamentata, o che gli avesse rotto le palle con le solite manfrine di una donna messa nelle condizioni di sfangarsela da sola per qualunque problema quotidiano.

E i problemi quotidiani erano tanti, non ultimi i parti. In casa loro ce n'erano stati tre, e lui poteva vantarsi di aver accompagnato Anita in ospedale soltanto per il loro primogenito. Degli altri due non aveva saputo niente, s'era persino dimenticato della scadenza delle gravidanze.

Ma lei non aveva mai fatto una piega. Lo difendeva sempre con tutti, amici e parenti: «Per lui è una missione. Come fosse un prete».

Santa donna o pazzamente innamorata di lui. Non faceva differenza. Quando ritornava a casa con le mani ancora sporche della peggior merda umana, vedeva il suo sorriso, si abbandonava sul suo seno grande, da madre, s'immergeva nei suoi occhi sempre sereni e dimenticava tutto. Si sentiva di nuovo pulito.

«Sì, amore, è ancora per quella Sandri». Fu l'unica cosa che riuscì a rispondere ad Anita, confortato almeno di non doversi sentire in colpa.

Riappese il telefono e controllò l'ora del suo orologio da polso. Le sei e tre quarti del pomeriggio. La squadra impegnata a *"Villa Sandri"* non era ancora rientrata. Possibile che dalle nove e mezza di quella mattina gli agenti fossero ancora lì? Decise di chiamare per radio il Perini per capirne il motivo.

Come tutta risposta udì l'apparecchio stridere scompostamente e non riconobbe affatto la voce del collega. Ne poteva semmai intuire il tono storpiato in un'eco di parole spezzate: «... vato... Prrrr... davere... esso!».

«Non capisco un corno! Sei ancora nella cantina?».

«Prrrr... davere... apo... Prrrr... vato... desso!».

Taddei maledì i mezzi antiquati che avevano in dotazione. Invelenito, spense la radio e si attaccò al telefono per chiamare il numero fisso della Sandri.

Gli rispose un agente: «Sì, Capo. Perini è ancora negli scantinati con la Scientifica. Pare che abbiano trovato da poco anche un altro cadavere, ma non abbiamo capito molto perché le radio non funzionano bene».

«Buttatele tutte nel cesso, adesso arrivo».

Cunnigham si sporse per l'ennesima volta dal balcone dello studio. A *"Villa Sandri"* le indagini della polizia continuavano senza sosta da quella mattina ma, dal ritrovamento del cadavere dell'operaio, non era riuscito a catturare nessun'altra indiscrezione sulla piega che stavano prendendo.

Considerò che all'interno della casa dovevano essere impegnate almeno venti persone e notò che all'esterno erano stati allestiti picchetti e transenne per evitare che la gente vi si avvicinasse troppo.

Peraltro in quel momento non c'era nessun curioso che stazionasse lì davanti, scoraggiato probabilmente dalla pioggia e dall'ermetismo della polizia.

E proprio quel vuoto insperato fece balenare all'inglese un'idea bislacca ma forse risolutiva per un problemino che riteneva risolto soltanto a metà.

Rientrò, agguantò impermeabile e cappello e scese le scale deciso a passare di là, con la scusa di portare fuori il cane e buttare l'immondizia.

Sulla soglia della cucina comparve Higgins.

«Esce col cane, Milord?» gli domandò con aria incredula osservandolo staccare il guinzaglio del bulldog dall'appendiabiti.

«Sì. Ho deciso di portare Lothar a fare pipì e approfittarne per buttare la spazzatura» rispose lui con un sorriso d'intesa, quasi che l'altro potesse intuire le sue vere intenzioni.

Ma il maggiordomo non capì o, meglio, non volle capire e commentò il fatto con una frase criptica: «Per quanto riguarda la spazzatura non c'è più molto da eliminare dopo la mia uscita di un'ora fa e il cane ha appena sporcato in giardino, Milord. Lothar diffida della pioggia: forzarlo potrebbe essere *un rischio*».

Il tono di Cunnigham non permise all'altro alcuna ulteriore insistenza: «La ringrazio per la raccomandazione, ma ormai ho deciso e il cane farà quello che voglio io. Come sempre, del resto. Mi porti il sacco della pattumiera, please».

Con Lothar, prevedibilmente, non fu impresa facile, a causa della pioggia come aveva annunciato Higgins e anche dell'orario del tutto anomalo per una passeggiata. Il bulldog non sembrava proprio intendere ragioni a lasciare la cuccia davanti al focolare e s'inchiodò più volte, brontolò, starnutì di rabbia ma alla fine, con un ben assestato calcio nel didietro da parte del padrone, atterrò pesantemente fuori del cancelletto sulla strada.

Con grande difficoltà, uomo e cane fecero cinque passi fino davanti alla villa adiacente, dove per protesta Lothar s'insaccò nell'impermeabile e si accucciò con la chiara intenzione di non rialzarsi per un bel po'.

«E allora stattene lì, brutta bestia!». Nonostante la temperatura invernale, Cunnigham era sudato dalla testa ai piedi. Legò il guinzaglio alla recinzione della villa e si avvicinò al cassonetto.

Uno dei poliziotti di guardia all'ingresso di *"Villa Sandri"* lo redarguì: «Non può avvicinarsi a questa casa signore».

«Sì, lo so agente. Devo soltanto gettare l'immondizia».

«Faccia in fretta, allora».

Senza perderlo di vista, il giovane agente non poté resistere al fascino ombroso del bulldog con la faccia metà pezzata e si piegò ad accarezzarlo: «A giudicare dall'occhio scuro, non sembrerebbe molto felice di passeggiare in una serata come questa!».

Cunnigham che, di spalle, stava alzando il coperchio del contenitore, gli rispose: «No di certo! D'altronde da qualche parte dovrà pur farla, non crede? Comunque, non parrebbe una bella serata neppure per voi».

Il ragazzo sorrise: «Già».

«C'è qualche novità?» azzardò lui sempre di spalle.

«Non siamo autorizzati a parlarne, mi scusi».

«Vero. Mi scusi lei. Oh! Guardi qua agente… in questo cassonetto c'è una sacca da viaggio piena. Cosa conterrà?».

Con un balzo il poliziotto gli fu a fianco. Accese la pila e osservò all'interno del contenitore. «Non la tocchi, mi raccomando. Può essere pericoloso. Vado a chiamare i colleghi».

In quello stesso momento arrivò sgommando l'auto di Taddei. Il commissario scese velocemente dalla macchina e quando scorse Cunnigham tuonò: «Lei che ci fa qui? In questi giorni dovrebbe cambiare itinerario di passeggiata, Milord».

«Buonasera commissario. Sono uscito per gettare l'immondizia e mi sono accorto che nel cassonetto dei rifiuti c'è una sacca da viaggio piena. Ho appena avvisato uno dei suoi agenti».

«Faccia vedere».

Il commissario sbirciò la sacca senza toccarla e attese l'arrivo del tecnico della Scientifica che in pochi minuti la recuperò e la aprì. Conteneva abiti, maglie, biancheria intima, un rasoio elettrico. Tutto il necessario insomma per un viaggio di pochi giorni.

Per capire a chi appartenesse, bastò leggere il cartellino d'identificazione attaccato sul manico che indicava il nome e l'indirizzo di Paolo Brandi e il poliziotto lo comunicò a Taddei: «È di un certo Paolo Brandi, ispettore, l'uomo che abbiamo trovato cadavere poco fa negli scantinati della Sandri».

40

Ho fame, freddo e molto bisogno di andare in bagno.

Venendo qui ho perso una scarpa. La felpa è stracciata e sporca di sangue rappreso.

Cosa devo fare? Dio, cosa posso fare?

Non potrò resistere ancora molto qui dentro.

Nonostante creda fermamente che Cunnigham non può essere un assassino, non riesco a decidermi a svelargli che sono in casa sua.

Se invece optassi per raggiungere Taddei sarei comunque costretta a uscire di qui, attraversare il pianoterra della villa e aprire la porta d'ingresso.

Tutto questo, ovviamente, di notte e senza far il minimo rumore... Molto improbabile vista anche la presenza in casa di un cane da guardia. In più non ho nemmeno un soldo per prendere un autobus.

E anche se alla fine riuscissi a uscire, lui (o lei) potrebbe essere là fuori ad aspettarmi.

E se mi avesse liberata proprio per questo?

Se aspettasse soltanto questo per far ricadere i sospetti su chiunque altro o, peggio ancora, proprio su di me?

Tutto quello che è successo può essere imputabile in prima istanza soprattutto a me.

In fondo che cosa è 'realmente' successo?

Sono io che ho denunciato quelle lettere di minaccia ma, allo stesso tempo, per la polizia sono io che le ho scritte. Tutto qua.

Ho già avuto modo di capire che Taddei sospetta di me. Nel momento in cui gli raccontassi l'incubo delle ultime ore potrebbe pensare che mi sono inventata tutto.

Per essere credibile dovrei condurlo nel punto in cui il mostro mi ha legata al muro, ma di certo in quei labirinti sotterranei non saprei ritrovarlo.

E se poi mi chiedesse di descrivergli il mio persecutore non sarei in grado di dire nemmeno se è un uomo o una donna, né se è alto o basso, né se è giovane o vecchio...

No, non posso rivolgermi ora alla polizia.

Non vedo altra scelta se non quella di correre il rischio minore: fidarmi di Cunnigham.

41

Dalla soglia di casa Higgins intravide Cunnigham e Lothar ancora immobili sul marciapiedi, completamente fradici. Li raggiunse con l'enorme ombrello da golf per ripararli e subito si accorse dell'aria affranta di Milord.

L'inglese sembrava incurvato da un peso insopportabile. Con il capo reclinato, incurante della pioggia, perso in pensieri neri come il cielo di quella sera.

«Che succede, Sir Cunnigham?».

«Brandi è morto».

«Morto? Ma come, Milord?».

Cunnigam abbassò la voce. «Accoltellato alla schiena».

Rientrarono alla *"Magnolia"* con la lentezza di un corteo funebre, senza dire una parola in più.

Il maggiordomo s'inginocchiò davanti al camino e iniziò a strofinare il cane con un asciugamano, in attesa che Milord si decidesse a parlare. Sapeva che sarebbe stato inutile forzarlo. Doveva aspettare che metabolizzasse anche quell'ultima tragedia per riuscire a liberare il suo animo.

Lo guardò di sottecchi e lo vide accasciarsi in poltrona, con il volto fra le mani e notò che di tanto in tanto un fremito gli scuoteva le spalle.

Poi, finalmente, lui parlò. «L'arma del delitto è un coltello che fa parte del set da cucina di Viola sul quale, naturalmente, sono presenti soltanto le sue impronte digitali. Lo stesso per quanto riguarda l'omicidio dell'operaio. Il bronzetto è un'opera dell'inizio del Novecento di proprietà della famiglia Sandri e su di esso appaiono soltanto le medesime impronte. Di conseguenza sono ormai certi che sia stata lei a ucciderli entrambi».

«Per *lei* intende la Sandri, Milord?».

«E chi se no? Non faccia domande cretine».

Finalmente una reazione! In cuor suo Higgins si rallegrò di quella risposta sgarbata. Milord stava tornando in sé.

«Ma lei perché è convinto dell'innocenza della Sandri?».

«Questa è una domanda intelligente, amico mio. Credo che Viola sia innocente proprio perché tutte le prove sono contro di lei. E se davvero ha potuto concorrere nei fatti, può averlo fatto unicamente costretta da qualcun altro».

«Ma a che scopo, Milord?».

«E che ne so? Ricatto? Plagio? Vendetta? Follia? È solo questo il punto da chiarire. Taddei afferma che ci troviamo di fronte a una psicopatica, può essere. Ma proprio quest'affermazione è contraddittoria. Se davvero Viola fosse una squilibrata non avrebbe potuto architettare con tanta precisione una vicenda come questa. Le faccio un esempio: se avesse voluto far fuori l'ex amante, avrebbe agito molto prima e senza tanto spreco di misteriose esibizioni paranoiche. E ancora: perché uccidere l'operaio? Che bisogno c'era? Dunque l'assassino è qualcun altro che, semmai, può essersi servito di lei per raggiungere il suo obiettivo. E ora non mi chieda quale può essere l'obiettivo di tutto questo, perché non saprei risponderle».

Lothar abbaiò un secondo prima che suonasse il campanello.

Cunnigham balzò in piedi. «Oh no! Saranno Subert e i Valeri, non mi sono nemmeno cambiato. Vada ad aprire, li faccia accomodare in salotto e dica che li raggiungo subito».

Un'ultima telefonata, prima di rientrare a casa, ingozzarsi di brasato freddo e svenire nel letto.

Taddei digitò sul cellulare il numero di Alessio Franchetti, l'affittuario di Viola Sandri in Corso Como, mentre il secondo cadavere transitava nella bara d'alluminio sotto al suo naso per essere trasferito all'obitorio.

«Maurizio Taddei, commissario capo del distretto di polizia di via Feltre. È lei Alessio Franchetti?».

Dall'altro capo del filo, il ciccione controllò la sua improvvisa inquietudine: «Sì, sono io, che succede?».

«Mi trovo in casa di Viola Sandri, dove sono avvenuti due omicidi in ventiquattro ore. La donna è scomparsa e avrei bisogno di parlare con lei. A voce».

Franchetti raggelò ma riuscì a dimostrare la massima disponibilità: «Certamente commissario, solo che ora stavo cenando con degli amici».

«Non è così urgente. Possiamo vederci domattina nel mio ufficio alle nove».

«Alle nove sarò da lei commissario, anche se debbo premetterle che non so quanto potrò essere utile. Non conosco bene Viola Sandri. Ci siamo incontrati in casa di alcuni amici romani qualche mese fa e, dal momento che avrei avuto bisogno per qualche tempo di un appartamento a Milano, ho approfittato del fatto che lei cercava un inquilino per il suo abbaino. In tutto, l'avrò vista tre volte».

Una delle cose che lo innervosiva di più, era dover ripetere milioni di volte le stesse spiegazioni, così ovvie fra l'altro, e Taddei trattenne a stento un'imprecazione facendo ripartire il solito disco: «Lo sappiamo, ma come lei potrà ben capire, siamo costretti a interrogare chiunque abbia avuto a che fare con la Sandri, e rilevare il maggior numero di impronte digitali. Stia tranquillo. È il normale protocollo d'indagine».

Quando terminò la telefonata, il commissario era rimasto solo nella villa.

I colleghi lo stavano aspettando in macchina, dopo aver riordinato gli strumenti di rilevazione e sigillato locale per locale con fettucce di nastro isolante giallo.

Perini lo chiamò dall'ingresso: «Venga Capo. Qui per oggi abbiamo finito. Andiamocene a casa, a riposare un po'».

Prima di salire sull'Alfa del vice, Taddei buttò un'occhiata alle case vicine e per un attimo si estraniò, avventurandosi con il pensiero in una contro-ipotesi. Faceva parte del suo modo di procedere nelle indagini forzarsi di escludere i sospetti sui quali tendeva ad arenarsi. Cambiare direzione a volte gli serviva per raggruppare i dati secondari sui quali il più delle volte rischiava di sorvolare.

Per questo iniziò a domandarsi se il vero assassino non si celasse dietro una di quelle finestre.

Finora il suo sospetto principale aveva riguardato sempre la Sandri esclusivamente perché ogni indizio riportava soltanto a lei. Stava pure esaminando l'abominevole possibilità di un condizionamento a distanza da parte del Collini o della sua assistente. E in tal caso, il ruolo di Viola sarebbe stato quello di strumento inconsapevole per sperimentazioni incontrollate e criminali.

Queste erano le strade che stava seguendo: le uniche evidenti attraverso le prove in suo possesso.

E se invece il quadro fosse stato totalmente diverso?

Ipotizzando che l'assassino fosse uno sconosciuto, poteva definire sicuro soltanto un elemento. La persona in questione - o il suo eventuale complice - doveva abitare molto vicino a *"Villa Sandri"* per poter spiare ogni movimento della ragazza, per poter accedere da chissà quale passaggio in casa sua, per riuscire a mettere le mani nelle sue carte.

Ripensò ai colloqui svolti con i vicini e stabilì che non ne aveva tratto alcun dato rilevabile. Il prossimo passo dunque sarebbe stato quello di far indagare a fondo sugli eventuali legami finora sconosciuti fra le persone che abitavano in via Caccianino e i conoscenti della Sandri.

L'inglese gli era simpatico. Un tipo originale che si dava un gran daffare a proteggere Viola. Forse ne era anche un po' innamorato. Sì, gli era piuttosto simpatico, ma non per questo, si disse, doveva essere esonerato dall'essere indagato come gli altri.

Garbatamente il Perini portò una mano all'orologio per sollecitarlo a muoversi e, proprio salendo in macchina, Taddei fu investito da un pensiero: ma perché mai qualcuno fra i suoi vicini avrebbe avuto motivo di perseguitare la Sandri?

La casa. Forse qualcuno era interessato alla sua casa.

Viola Sandri non aveva più parenti né vantava possibilità economiche decenti. Se fosse stata internata per malattia mentale in qualche istituto, sarebbe stata costretta a vendere la villa. O, meglio ancora, a svenderla.

L'auto si mosse. L'ispettore abbandonò il capo al poggiatesta e chiuse gli occhi. Una pista debole, troppo debole, ma forse perseguibile, concluse fra sé.

Maria Laura Valeri si servì ancora di arrosto. «Delizioso, Lester. Assolutamente delizioso. Hai una gran fortuna con Higgins: oltre a tutto il resto, è davvero uno chef eccellente!».

Cunnigham le rimandò un sorriso tirato. «Perché non glielo dici, mia cara? Ne sarà felice».

Il conte, suo marito, in quel momento stava discutendo i termini d'acquisto del quadro inglese con Subert, e Cunnigham faticava a rispondere ogni qualvolta i due s'interrompevano per porgli domande ulteriori sullo stato del dipinto, sui proprietari precedenti, sulle aste in cui era stato presentato. Per questo motivo era ben contento di poter mascherare la vaghezza dei suoi chiarimenti, con la scusa d'essere distratto da Maria Laura e dai suoi commenti formali sulla serata.

«Che dici Umberto? Non ho sentito, stavo parlando con Maria Laura, comunque tutta la documentazione del quadro è riunita in questa cartelletta».

Per la verità Cunnigham dentro di sé era molto distante da quel contesto. Gli pareva quasi di sedere sui carboni ardenti e non vedeva l'ora che i tre se ne andassero per potersi rinchiudere in camera a pensare.

L'ingresso di Higgins con la torta del *Taveggia* fu accolto da un'ovazione degli ospiti.

Umberto Valeri non risparmiò una battuta: «Uh! Il Monte Bianco. Ottimo veleno per il mio colesterolo! Di' la verità Lester: piuttosto di mollare quel Turner preferiresti vedermi morto!».

La risata di Cunnigham fu sbilenca e forzata ma nessuno ci fece caso.

Il maggiordomo gli si avvicinò e sottovoce lo avvertì che nella scelta dei vini aveva dimenticato il moscato per il dolce.

Felice di potersi alzare, l'inglese si scusò con gli ospiti: «Torno subito, amici miei e, mi raccomando, lasciate a Higgins il taglio della torta. Secondo un'antica leggenda lombarda, chi taglia il dolce non si sposerà mai. Lui lo sa: il suo destino è di rimanere scapolo a vita per occuparsi di me».

Passò dalla cucina a prendere il cesto di vimini e la chiave della cantina e si avviò al sottoscala.

Aprì la porta, accese la luce e discese. Al momento non si accorse della presenza di Viola, in piedi in un angolo buio, ma notò subito il divano, di nuovo scoperto.

Vi si avvicinò con circospezione, si guardò attorno e ancora non la vide.

«Lester...» un sussurro, dall'angolo estremo del locale, gli arrivò diritto nel cuore e lo paralizzò.

Lei uscì dal buio, si fermò due passi avanti, brutalizzata ancora di più dalla luce della plafoniera industriale e lo guardò in faccia con l'unico occhio aperto.

Sconvolto dalla visione dello scempio di quel viso, Cunnigham si avvicinò a Viola e la prese fra le braccia: «Che le è successo, mio Dio, chi l'ha ridotta così?»

«Lester, mi aiuti». Furono le ultime parole di lei prima di perdere i sensi.

Erano le nove e mezza quando Marco Rapini, chiamato 'il pistola' dalla moglie del cardiologo, si presentò in casa Binelli e chiese alla filippina di Matteo.

«Chi è?» tuonò il capofamiglia dal salotto.

La Feli gli comparì davanti. «Il ragazzo del piano di sopra, dottore. È venuto a trovare Matteo».

«Che vuole ancora il pistola? Gli ha telefonato un'ora fa» bisbigliò la moglie senza staccare gli occhi dalla tv che stava trasmettendo una puntata campale del *"Grande Fratello"*.

«Non lo so signora. Gli ho detto che Matteo non sta bene e lui ha risposto che farà in fretta. Vuole solo salutarlo. Posso andare a letto, ora?».

«Solo se in cucina hai finito» ordinò scortese la donna. Poi si rivolse al marito: «Non vorrei proprio che quel rompicoglioni, quando se ne andrà, mi disturbasse sul più bello, qualcuno dovrà pur chiudere a chiave la porta».

Il dottore corrugò la fronte e si alzò. «Stai tranquilla, ci penserò io. Non so come fai a guardare quel programma di merda. Me ne vado a letto, ma per un po' leggerò la relazione per il prossimo congresso. Fammi un fischio quando il pistola se ne andrà».

In effetti il Rapini si fermò non più di un quarto d'ora, il tempo necessario per aggiornare l'amico sugli sviluppi del compito che costui gli aveva affidato.

I due ragazzi erano coetanei e avevano frequentato le scuole insieme fino all'inizio del liceo. E Marco che, per quanto considerato dai Binelli un pistola era già iscritto al primo anno di Economia alla Bocconi, era sempre rimasto molto legato a Matteo. Anzi, si può dire che fosse il suo unico vero amico e in più, inspiegabilmente, era la sola persona al mondo a riconoscergli un carattere che non aveva.

Marco era disposto a tutto pur di compiacere Matteo. Per questo quando l'amico gli aveva chiesto di controllare con il cannocchiale dalla finestra di camera sua prima i movimenti di *"Villa Sandri"* e in seguito anche quelli della *"Magnolia"*, lui non si era certo tirato indietro. Solo, gliene aveva chiesto la ragione e l'altro s'era affrettato a spiegargli che quella sarebbe stata l'occasione giusta per dimostrare le sue capacità intellettive al mondo e, soprattutto, a quegli stronzi dei suoi genitori.

«… insistono per farmi fare il Classico. Io non c'entro un cacchio con le lettere e il greco. Non hanno capito niente di me, mi reputano uno sfigato, uno che non ha voglia di fare un cazzo, capisci? Mia madre poi, con quella sua aria perfettina, la odio quando mi martella. "Guarda quello lì, è già diplomato. Guarda quello là, ha vinto un concorso". E chi se ne frega? Scoprirò cosa sta succedendo in quella casa, li lascerò di sasso e poi li manderò a fare in culo. Sono già sulla pista buona, ma non dico niente nemmeno a te, Marco. Il patto è che gli allori siano tutti per me. Se ti va è così, altrimenti mi arrangerò da solo».

A Marco non venne neppure in mente di obiettare. Né sentì il bisogno di fargli altre domande. Aveva capito da tempo che il suo amico soffriva per l'incomprensione dei genitori, per i complessi che gli procurava il suo fisico sgradevole, per la repulsione che gli dimostravano le ragazze. E quant'era preoccupato per lui! Spesso era aggressivo senza ragione, soprattutto da quando frequentava i Punkabbestia più estremisti del Parco Lambro. E recentemente ciò avveniva sempre più spesso.

Matteo gli aveva spiegato che ne avrebbe condiviso volentieri la vita nomade e libera ai margini di ogni schema. Che come loro fuggiva da una realtà familiare basata su regole troppo rigide e troppo borghesi. Che con loro aveva imparato a estremizzare tutto: la libertà, la perversione, la morte. E Marco era sicuro che, come loro, si faceva, e non solo di erba.

Forse l'impegno a risolvere il mistero di *Villa Sandri* sarebbe stata l'occasione giusta perché Matteo potesse esprimere la sua intelligenza, il suo valore. Forse avrebbe ritrovato un po' di equilibrio, un po' di sicurezza in se stesso. Per questo s'era convinto che l'avrebbe aiutato, si sarebbe divertito con lui e se, com'era sicuro, il suo amico ce l'avesse fatta a svelare quei fatti, ne avrebbero gioito insieme, alla faccia dei due Binelli.

Quella sera Marco trovò Matteo già a letto con un'aria che non gli piacque per niente. Sembrava imbronciato e soprattutto nervoso. Infatti, quando lo vide nemmeno lo salutò.

Marco era abituato alla sua imprevedibile scontrosità e non si pose la questione più di quel tanto.

«Che ti succede? Problemi con gli stronzi?».

«Mmmm… Qualche novità?».

«Dopo il ritrovamento del secondo cadavere che ti ho annunciato per telefono, la metà degli agenti se n'è andata. Ho visto l'inglese parlare con il commissario: hanno scoperto una sacca da viaggio nel cassonetto dell'immondizia e sembravano piuttosto interessati. Poi Cunnigam ha ricevuto visite: a casa sua è in corso una cena con tre tromboni. Stop».

«Si è capito chi è il morto?».

«Boh! Io vedo ma non sento, e quello è stato portato fuori già chiuso nella cassa. E l'uomo che ho visto ieri entrare nella *"Magnolia"* dove sarà finito? Ancora nascosto in casa di Cunnigham? Forse dovresti dirlo alla polizia che ieri abbiamo scoperto quel tipo entrare in casa dell'inglese».

«Perché trovino la soluzione prima di me? Non dire pirlate, in questo modo tutto il mio programma andrebbe a ramengo. Ora vai a casa ma, attenzione: stanotte non perdere di vista *"La Magnolia"*. È fondamentale capire il ruolo dell'inglese».

Si fermò sulla soglia della cantina e cercò di riacquistare il controllo di sé e di tenere a freno le emozioni, anche se sentiva i battiti del cuore pericolosamente in aritmia con il respiro. Poteva anche immaginare il pallore del suo stesso viso, come si vedesse allo specchio.

Poggiò a terra il cesto con le bottiglie di moscato e tirò un respiro profondo. Ascoltò provenire dalla sala da pranzo le voci dei Valeri e di Subert in un concerto di risate confuse, e considerò sconsolato la fatica che avrebbe dovuto impiegare per riprendere la serata da dove l'aveva lasciata.

Per fortuna gli venne incontro Higgins e, quando lo vide, Cunnigham pensò quanto sarebbe stato confortante potersi abbandonare fra le sue vecchie braccia, proprio come Viola aveva fatto con lui, pochi minuti prima.

«Milord! Lei è stravolto. Che succede?».

Come faceva quell'uomo a leggergli l'anima?

«Viola, Viola è nella nostra cantina, vecchio mio».

«Cosa sta dicendo?».

«È conciata piuttosto male e non c'è tempo da perdere. Chiami immediatamente quella Luisa, l'infermiera del Sandri, e la faccia venire subito qui. Se ha difficoltà, vada a prenderla lei con la Bentley. La avvisi che dovrà vivere da noi, non so fino a quando, a qualunque prezzo. Degli ospiti me ne occuperò io. È tutto chiaro?».

«Si rende conto Milord che dovremmo avvisare il commissario Taddei? Lei si sta infilando in un guaio grosso».

«Lasci perdere le ramanzine ora! Non c'è tempo. Prima dobbiamo capire cos'è successo a questa disgraziata ragazza, poi decideremo cosa fare».

42

QUINTO GIORNO

Apro gli occhi nella penombra di una stanza rassicurante. C'è un camino acceso e nel riflesso delle braci distinguo i mobili antichi, le tende ricamate, la porta socchiusa dalla quale filtra la debole luce del giorno.

In una poltrona reclinabile di fianco al letto, sta dormendo Luisa, la donna che ha curato lo zio Riccardo.

Mi sfioro la fronte: una benda mi attraversa il viso e copre l'occhio che mi fa male.

Anche le mie mani sono fasciate.

C'è profumo di pulito, di casa, di sicurezza.

Sono stata lavata e medicata. Anche i miei capelli sono morbidi. Li tocco e non sento più gli orribili nodi irrigiditi dalla pioggia, dalla polvere, dal sangue.

Ricordo soltanto di aver visto Cunnigham scendere in cantina. Ricordo di avergli chiesto aiuto. Ricordo l'odore buono del suo collo quando gli sono crollata fra le braccia.

Subito dopo è tutto confuso.

Dovrei alzarmi di qui ma non ne ho la forza. E poi, perché? Dove potrei andare?

Ho deciso di affidarmi a Cunnigham, di farmi aiutare da lui. Non posso più tornare indietro. Ho deciso che sarebbe stato il rischio minore. Un rischio che sarei stata costretta a correre.

La donna si è svegliata. Mi guarda. Si alza e mi si avvicina. Sorride.

Viola, come sta cara?

Riesco a dire soltanto grazie perché la voce non esce dalla mia gola.

Inizio a piangere e lei mi abbraccia. Profuma di sapone di Marsiglia.

Mi sembra impossibile non provare paura.

Mi faccio forza e cerco di parlare. Devo vedere Cunnigham, subito. Il mio marsupio...

È qui, il tuo marsupio è qui, nel comodino. Guarda. Stai tranquilla tesoro. Ora vado subito a chiamare Milord.

43

Taddei gettò con rabbia il bicchiere di carta del caffè nel cestino. Quella era la classica mattina che preludeva a una giornata infernale e infruttosa.

Anzitutto, la stampa s'era scatenata sul caso di via Caccianino con titoli a corpo massimo e pezzi spargi-panico: *"Due omicidi a Milano... La polizia annaspa sulle tracce di una psicopatica... Nessuna prova inchioda l'assassina di via Caccianino... Probabile assassina scompare sotto il naso della polizia ma prima lascia un altro cadavere... ".*

Poi, il vano interrogatorio di Alessio Franchetti.

Un tipo azzimato e molle, chiaramente omosessuale, innaffiato a dovere di profumo pacchiano anche se probabilmente firmato come il suo abbigliamento.

Una faccia insulsa e allo stesso tempo ributtante, con quei buchi d'acne larghi un dito, gli occhi porcini e le labbra sottili.

Franchetti era riuscito a stare sulla difensiva, trincerandosi dietro il fatto di non conoscere quasi per nulla la Sandri. «Sì, lo so, può sembrare incredibile, ma non m'interessava vedere l'appartamento. È stata una coincidenza da cogliere al volo. Avevo bisogno di una casa a Milano e lei di un inquilino. Il prezzo era più che accettabile, le ho fatto un assegno per l'acconto di tre mesi e la cauzione… l'ho rivista soltanto quando mi ha consegnato la casa… No. Non conoscevo Paolo Brandi, né l'ho mai sentito nominare da Viola… Non gli ho dato io il suo indirizzo, mi sembrava scorretto e non so come abbia fatto a procurarselo… No, non conosco nessun altro che abiti in via Caccianino, tanto più che sono romano… Sì, ho conosciuto Laura Setti anni fa, dagli stessi amici di Roma dove poi conobbi Viola. Per questo non mi sono fatto scrupolo di darle il nuovo indirizzo della Sandri quando ieri l'altro mi ha telefonato».

Uscito il Franchetti alle dieci, Taddei chiamò la Setti e non era in casa. Gli rispose il marito, con una voce anziana, considerò il poliziotto e in effetti rammentò alcune fotografie dei rotocalchi dove il famoso imprenditore avrebbe potuto essere il padre della moglie.

«Se è urgente le do il numero di cellulare, commissario».

«Sì, grazie. È urgente».

Il Setti si allarmò: «È successo qualcosa di grave?».

Sì, gli avrebbe risposto volentieri Taddei, sua moglie potrebbe essere una criminale. Invece bypassò sulla necessità di dover parlare con la moglie riguardo alla scomparsa di una sua amica d'infanzia e l'altro, per grazia di Dio, non ritenne il caso di informarsi ulteriormente.

Quindi riuscì a trovare la Setti al cellulare.

«Sono in riunione, commissario. La richiamerò».

«Mi dispiace, ma dovrà interrompere la sua riunione e raggiungermi al più presto, signora».

«Dottoressa» specificò lei piccata. «Mi dica soltanto se è il caso che debba farmi accompagnare dal mio legale».

«Faccia lei, per me è del tutto indifferente».

La Setti valutò che la presenza non richiesta del suo avvocato avrebbe potuto far destare dei sospetti sulla sua probabile insicurezza, e si presentò da sola, mezz'ora più tardi.

Sedette di fronte a Taddei con un sorriso dimesso e un po' triste, in netto contrasto con l'arroganza dimostrata poco prima al telefono.

Lui passò subito al sodo e da quel momento il colloquio si trasformò per la donna in un match senza scampo: «Ha già parlato con il professor Collini?».

«A proposito di che?».

«Della terapia d'ipnosi cui fu sottoposta Viola Sandri nel periodo in cui era in cura da lui. O forse dovrei dire da tutt'e due voi?».

«No, è giusto dire da lui. Viola è stata in cura da Collini. Io l'ho semplicemente assistito durante le sedute di liberazione dell'inconscio sotto ipnosi di Viola. In quel periodo mi stavo specializzando in quella disciplina ed era mio interesse seguire gli esperimenti del mio docente».

«Ha poi svolto individualmente gli stessi esperimenti?».

«Certamente, commissario. Fa parte della mia attività».

«Intendo dire se ha continuato ad agire su Viola, dottoressa. Secondo il professor Collini, la Sandri è molto ricettiva a questo tipo di trattamento e sarebbe perfettamente in grado di rispondere a comandi preordinati anche da lontano».

«Per carità, commissario! Il paziente dev'essere consenziente, in caso contrario significherebbe soltanto plagio e manipolazione. E poi, se è pur vero che il condizionamento a distanza è utilizzabile e provato, tenga presente che ci vogliono anni e anni di terapia per arrivare a ottenere risultati degni di nota».

«Secondo Collini, Viola Sandri era un elemento già pronto a rispondere bene a questo tipo di sollecitazione. Lei che ne dice?».

«Le dico che non lo so. Le ripeto che Viola era paziente di Collini, non mia».

«Riconosce questi scritti?».

«Sì. Sono il risultato degli esercizi di liberazione dell'inconscio di Viola».

«Come si spiega che siano tornati alla luce dopo tanto tempo?».

«Non me lo spiego, commissario».

«Conosce un certo Alessio Franchetti? È l'affittuario dell'abbaino di Viola Sandri».

«Mai sentito nominare».

«Non è quello che dice lui. Franchetti afferma infatti di averla conosciuta a Roma in casa di Pietro Sormani, il musicista».

«Non ricordo».

«Da quanto tempo non vede o non sente Viola Sandri?».

«Da più di due anni, da quando lei e Paolo Brandi si sono lasciati. Non so neppure dove abiti ora».

«Nemmeno questo corrisponde alla verità. Franchetti afferma di averle comunicato su sua precisa richiesta il nuovo indirizzo della sua amica. Mi dispiace. Viste le incongruenze di questo colloquio, sono costretto a informarla che da questo momento, si può ritenere ufficialmente indagata, signora Setti e, se non conosce i suoi diritti, glieli comunicherò all'istante».

Quando lo vide, allungò un braccio e Cunnigham notò le unghie spezzate e il sangue raggrumato attorno alle dita. Sconvolto, afferrò tutt'e due le mani di Viola e se le portò alle labbra senza una parola. L'infermiera uscì dalla stanza chiudendosi l'uscio alle spalle, ma Cunnigham non se ne accorse neppure.

Strette fra le sue, quelle mani gli trasmettevano un tremito incontrollabile che giungeva direttamente dal corpo di lei, talmente forte da far vibrare il vecchio letto di noce.

Paura. Terrore. Panico.

Senza riflettere, Cunnigham si stese su Viola badando bene di coprirla totalmente con il suo corpo. Le strinse le mani e piano piano aprì le braccia insieme con quelle della ragazza fino a formare una croce di lui e lei, sovrapposti.

Stette in attesa di assorbire quel fremito da animale e piano piano, gradualmente, sotto di lui, lei si calmò. Il respiro le ritornò normale e iniziò a piangere silenziosamente.

«Don't be afraid». Lui parlò piano, nell'incavo del collo di lei e lei vibrò.

«No. Di te non ho più paura».

«Cos'è successo? Sai chi ti minaccia?».

«Qualcuno mi ha trascinato in cantina, sono caduta dalle scale e mi sono ferita. Abbiamo camminato per un po' nel buio finché, non so dove, lui (o lei, non ho potuto vedere chi fosse) mi ha imprigionato i polsi in un anello di ferro nel muro e mi ha lasciata lì per non so quanto tempo. Prima di andarsene mi ha sussurrato che sarebbe tornato soltanto per uccidermi, invece quand'è tornato mi ha liberata e ha detto che avrei capito da sola perché. Mi sono persa nei sotterranei, ero terrorizzata. Quando ho visto quella grata dalla quale filtrava un filo di luce, non speravo più di farcela. Non so proprio chi possa essere né cosa voglia da me». Viola s'interruppe e riprese a tremare un poco. Lo guardò negli occhi con un'espressione indecifrabile, quasi provocatoria, e aggiunse: «Hai mai pensato che possa essere io stessa? Che mi sia inventata tutto?».

«Mai».

«Ma io sono malata, lo sai?».

«*Eri* malata e ora qualcuno ne sta approfittando».

«Ma chi? E perché?».

Cunnigham non rispose. Respirò profondamente, assorbendo il più possibile dell'odore di lei, inebriato e confuso. Da molti minuti non si muoveva da quella posizione eppure non avvertiva il più piccolo dolore né il minimo crampo. Tutto il suo essere si era fuso con il corpo di Viola, rilassato ormai sotto le coperte. La sentiva dentro di sé dalla punta dei piedi al volto, accostato a quello di lei.

«Lester, che vuoi fare ora? Non puoi tenermi qui».

Lui si ritrasse, lasciò le sue mani, si puntò sui gomiti e guardò Viola diritto negli occhi.

«Invece sì. Tu starai qui finché scopriremo questo mistero. Stai tranquilla, lascia fare a me».

Per una frazione di secondo, gli occhi di Viola lampeggiarono nella penombra. A lui parve di gioia.

«E Paolo? Paolo cosa sa? Dov'è?» domandò inaspettatamente lei, ma Cunnigham decise che non era quello il momento di risponderle.

«Riposa ora. Tornerò più tardi».

Si alzò dal letto con la sensazione di aver lasciato su di lei una parte vitale di se stesso e, prima di andarsene, la baciò sulla fronte.

Aveva smesso di piovere. Il grigio del cielo di Milano pareva man mano schiarirsi nella promessa di una confortante pausa. Sui marciapiedi ancora bagnati si riflettevano le ultime luci dei lampioni e, dalle case, i bambini imbacuccati come pinguini si avviavano a raggiungere le scuole, accompagnati da padri e madri frettolosi e sonnolenti.

Matteo Binelli uscì dal garage facendo impennare il motorino come un cavallo imbizzarrito e prima di svoltare in via Vallazze, riconobbe il cannocchiale dell'amico puntato fra *"La Magnolia"* e *"Villa Sandri"*.

Bene, pensò, Marco è già all'opera.

Quando passò il semaforo fra viale Lombardia e piazza Piola, certo di essere ormai fuori pericolo dal controllo dei genitori, invece di svoltare verso il centro, Matteo percorse la grande rotonda per imboccare via Pacini, in giù verso la periferia.

Da Lambrate si immise in via Ronchi, da lì in via Feltre e in dieci minuti raggiunse Segrate. Zigzagando con sicurezza fra le automobili, girò in una piccola traversa serpeggiante nel parco, fra il cimitero e Milano 2, e raggiunse una grande, fatiscente cascina apparentemente disabitata.

Entrò nell'aia, smontò dalla moto, levò il casco e lo appese al manubrio, si aggiustò i capelli e lanciò un fischio con due dita in bocca.

Poco dopo dal portone principale gli apparve una ragazza bruna con i capelli rasta, vestita di colori sgargianti, con un paio di camperos sformati di almeno due numeri in più della sua taglia e una miriade di piercing sulla faccia. La seguiva un grosso cane bastardo che lo guardò male.

«Abbiamo finito. È stupendo, irriconoscibile» esordì lei senza salutarlo.

Matteo strinse i pugni. «Dov'è? Fammelo vedere».

«E i soldi? Ci hai portato i soldi?».

«Sono mai venuto qui a mani vuote?».

Il ragazzo infilò una mano in tasca, ne trasse una busta e gliela allungò. Lei l'agguantò, la aprì e contò le banconote passandosi la lingua sulle labbra. «Vieni dentro, vieni a vederlo».

44

Ho visto l'inglese. Mi piace, nonostante sia un uomo maturo.

È strano. Capisco che con me perde il controllo delle sue emozioni. Quando è entrato tremavo come una foglia e lui si è steso su di me, mi ha stretto le mani fra le sue e il contatto fra i nostri corpi sovrapposti a croce mi ha dato i brividi.

Forse per lui sono una figlia, una ragazzina da proteggere. Diverso per me. Da quando Paolo mi ha lasciata non provavo sensazioni così forti.

Mi fido di lui. Gli ho raccontato l'incubo di quelle ore in cantina e poi ho cercato di provocarlo, chiedendogli se non poteva pensare che mi fossi inventata tutto.

Mi ha risposto subito che no, non l'ha mai creduto.

Sa che sono stata malata e ciò mi stupisce. Da chi può averlo saputo?

No. Ora non voglio pensare a nulla, voglio soltanto lasciarmi viziare. Luisa è molto gentile. Mi assiste con impegno e accontenta ogni mia richiesta.

La mia temperatura si è quasi normalizzata e il dolore all'occhio è più accettabile.

Questa casa mi piace. Mi piace questa stanza. Mi piace questo letto e le lenzuola nelle quali mi avvolgo come un gatto. Riesco a dimenticare l'orrore dei giorni passati.

Ma all'improvviso cambio idea: non devo lasciarmi andare. Non devo mollare. Ritorno subito con la mente alle ore di terrore trascorse nelle cantine.

Obbligo me stessa a ricordare che il mostro è ancora qui vicino. Potrebbe già sapere che sono a casa di Cunnigham.

La gola mi si chiude di colpo. Non respiro più. Annego in un'onda di panico. Grido il nome di Luisa. La vedo china su di me.

Che c'è? Che ti succede piccola Viola? Sei al sicuro qui. Mi abbraccia.

Chiamo Lester gridando e dibattendomi come un'indemoniata.

Ora Milord non c'è, è uscito, ma tornerà presto. Stai tranquilla. Non gridare, qualcuno potrebbe sentirti.

Luisa è più forte di me e riesce a infilarmi fra le labbra un cucchiaino.

Inghiotto a forza delle gocce, delle gocce amare.

45

Cunnigham spalancò a Lothar il cancelletto del recinto in piazza Piola. Lo richiuse alle spalle del cane e sedette su una panchina laterale con l'intenzione di leggere i quotidiani.

Pochi minuti dopo si scosse di sorpresa udendo alle sue spalle la voce burbera del dottor Pennati, medico di zona e padrone di uno scatenato fox terrier. «Ha visto se si dice qualcosa della pazza di via Caccianino?».

«Quale pazza?» rispose lui con tono scostante.

«Se non lo sa lei Sir Cunnigham che ci abita a fianco».

L'inglese ripiegò i giornali, si alzò e, guardando l'altro con palese stizza, puntualizzò: «Non le sembra un po' prematuro definirla una pazza? Lei la conosce? Presumo di no e finora sappiamo ben poco di ciò che è avvenuto in quella villa. Comunque, visto che le interessa, i giornali riportano soltanto la cronaca dei fatti senza alcun commento sull'equilibrio psichico di Viola Sandri».

Sconcertato da quel tono puntuto, il medico non aggiunse nulla e Cunnigham richiamò Lothar con un fischio, lo legò al laccio e riprese la via di casa.

Durante il tragitto pensò di aver sbagliato. In fondo per chiunque, polizia e stampa comprese, Viola era un personaggio ambiguo, misterioso, inquietante. Aveva sbagliato a reagire in difesa della ragazza. Sarebbe stato un grosso errore attirare su di sé l'attenzione con commenti in suo favore. Avrebbe potuto destare dei sospetti.

Rientrato alla *"Magnolia"* allungò cane e cappotto a Higgins senza una parola.

L'uomo lo guardò negli occhi e disse: «Ha telefonato il commissario Taddei Milord, e Luisa le vorrebbe parlare».

Cunnigham ebbe un attimo di sgomento e rimandò al cameriere uno sguardo interrogativo. Subito si riprese e annunciò: «Vado in studio a chiamare Taddei, poi riceverò Luisa».

Afferrando il telefono, Cunnigham si rese conto dell'enormità della situazione. E se Taddei avesse voluto perquisire *"La Magnolia"*? Non tanto perché potesse sospettare di lui, quanto per controllare le diramazioni dei sotterranei?

Dove avrebbe potuto sistemare Viola?

Sarebbe stato meglio da parte sua confessare che la ragazza si trovava lì? E poi? Viola sarebbe stata senz'altro arrestata, o quanto meno rinchiusa in un ospedale psichiatrico.

Era un'eventualità inaccettabile. Avrebbe sistemato Viola nel solaio e avrebbe messo a disposizione la sua casa per le ricerche della polizia. Se lui non era sospettato, non c'era ragione di perquisire il sottotetto, almeno per ora.

Si tranquillizzò, e compose il numero del commissario.

«Buongiorno Cunnigham, grazie di avermi telefonato subito» esordì il poliziotto.

«Si figuri commissario, c'è qualche novità?».

«Purtroppo no, ma stiamo indagando a tappeto. Fra l'altro, ho impegnato più di una squadra a controllare i sotterranei delle ville vicine a quella della Sandri. Per quanto riguarda la sua, visto che è proprio adiacente, pensavamo di procedere domattina presto. È d'accordo?».

Cunnigham raggelò. Era ovvio che il motivo della telefonata fosse quello. Per l'appunto l'aveva supposto.

Parlando, l'inglese si era avvicinato alla portafinestra del balcone sul davanti della villa e mentre ascoltava Taddei si accorse del cannocchiale che puntava diritto verso di lui dalla casa dirimpetto.

E fu proprio in quel momento che capì cosa avrebbe dovuto fare. Tentò di non tradire il proprio stato d'animo e, stupendo anche se stesso, rispose: «Ma certo. Quando vuole, commissario, anche se veramente credo sia meglio che ci parlassimo prima da soli. Che ne pensa se facessi un salto da lei più tardi?».

«Nulla in contrario, Milord. Devo pensare che è lei che deve comunicarmi qualche novità?» azzardò il poliziotto con interesse.

«No, nulla d'importante. Il fatto è che la mia cantina ha una disposizione particolare e una stanza blindata per la collezione dei miei quadri. Pensavo che studiarne la pianta prima dei rilevamenti potrebbe esservi utile».

Quanto zelo, considerò fra sé Taddei. «Sicuramente» gli rispose sempre più incuriosito. «Fra un paio d'ore può andarle bene?».

«A mezzogiorno sarò da lei, commissario. See you later!».

Inconcepibilmente, Cunnigham si sentì fastidiosamente ansioso, come se tutta quella faccenda gli si fosse annidata nel petto creandogli una massa informe fra lo stomaco e i polmoni.

Si sforzò di far finta di nulla e, per aiutarsi, raggiunse il mobile bar, si versò un brandy e lo trangugiò d'un fiato - Dio, a quell'ora! Nessuno avrebbe dovuto capire né le sue emozioni né tanto meno ciò che stava per fare, era fondamentale. Il liquore gli ridiede subito tono e chiamò Higgins per dirgli che ora avrebbe potuto ricevere Luisa.

La donna arrivò quasi subito e gli parve molto scossa. «Sir Cunnigham, Viola sta male, io credo sia meglio farla visitare da uno specialista».

«Che succede esattamente signora?» ribatté lui tetro.

«Poco fa sembrava tranquilla e rilassata: ha estratto un quadernetto e una penna dal suo marsupio e s'è messa a scrivere. Sì, proprio a scrivere» rispose allo sguardo sorpreso di Cunnigham, e poi continuò: «Sorrideva, ma poi, di punto in bianco, ha iniziato a gridare, a dibattersi. Io sono forte, lo vede anche lei, eppure ho fatto fatica a trattenerla. Alla fine sono stata costretta a somministrarle delle gocce di calmante. Insomma, capisce, la responsabilità è grande. Io non sono nemmeno un'infermiera diplomata».

«Non si preoccupi. Non sono necessari né uno specialista né un infermiere diplomato. Lei è perfetta signora. Probabilmente Viola è scioccata, terrorizzata. Ora andrò io da lei».

La donna lo interruppe: «Oh sì, Milord! La chiama in continuazione, sembra placarsi soltanto se lei è nei paraggi».

Cunnigham la fissò un po' allucinato, non rispose e uscì dalla stanza e Luisa ne approfittò per raggiungere Higgins in cucina e bersi un caffè.

Dopo soltanto qualche minuto, mentre i due attendevano che la caffettiera iniziasse a bollire, udirono stupefatti giungere dalla stanza degli ospiti la risata trillante di Viola e, in sottofondo, quella più bassa e inconfondibile di Cunnigham.

46

Finalmente lui è stato qui.

Quelle gocce mi avevano un po' sedato, ma non del tutto. L'assillo dei miei pensieri non mi aveva abbandonato. Solo ero più calma, quasi impossibilitata a muovermi, a parlare, a gridare.

Ma quando la porta si è socchiusa e ho visto Lester sorridermi, ho dimenticato tutto e ho sentito il cuore battere di emozione.

Mi sono sentita protetta.

Mi pare di conoscerlo da sempre.

Si è avvicinato al letto e mi ha baciata sulla fronte.

Io non ho detto nulla.

Luisa è preoccupata per te, mi ha sussurrato stringendomi le mani.

Ha ragione. Io sto bene solo quando ci sei tu, gli ho risposto.

Ma io non posso stare sempre qui.

I suoi occhi azzurri si sono accesi. In quel momento mi è sembrato un ragazzo. Si è avvicinato e ha sfiorato con le sue le mie labbra.

Poi ha accostato il viso alla mia guancia e mi ha sussurrato: voglio aiutarti a uscire da questo incubo. Devi tornare a vivere. Vuoi fare un gioco con me, Viola?

Sì, farò tutto quello che vuoi.

Però non devi avere paura, devi fidarti di me.

Io mi fido di te, so che mi vuoi aiutare, gli ho risposto sicura.

Allora, sempre sottovoce, mi ha spiegato ciò che succederà. All'inizio ho provato paura, ho girato il viso dall'altra parte. Ma poi, man mano che parlava, ho capito.

Ci siamo guardati negli occhi e abbiamo cominciato a ridere, a ridere forte.

Da quanto tempo non ridevo?

Mi sembra un sogno.

47

Come sempre, la Tirelli aveva perso tempo al telefono a spettegolare con le amiche, così ora si trovava a correre per casa per recuperare cappotto e cappello. L'appuntamento in panetteria con le vicine era fissato per le dieci e la pendola sul cassettone segnava già il quarto.

Proprio mentre si apprestava a uscire suonò il campanello, e Cunnigham che si trovava oltre la sua porta, ebbe la sensazione che dallo squillo all'apertura del battente non fosse passato nemmeno mezzo secondo.

E ciò rese lecite alcune supposizioni da parte sua. Che la strega stesse controllando l'andirivieni del pianerottolo dallo spioncino? Che la vecchia avesse doti di chiaroveggenza?

Comunque fosse, senza riuscire a nascondere del tutto la sua antipatia, l'inglese catturò divertito lo sbalordimento di quella comare alla sua vista.

«Sir Cunnigham, ma che bella sorpresa!» miagolò lei.

«Perdoni quest'improvvisata, signora. Non è certo nelle mie abitudini presentarmi senza preavviso, inoltre mi pare che lei stia uscendo».

«Oh, ma non c'è problema, non c'è fretta, per lei questo e altro. Entri, entri pure. Posso offrirle qualcosa?» rintuzzò la Tirelli già sfilandosi il cappotto. Fremeva di curiosità. Cosa poteva aver spinto quel misantropo alla soglia di casa sua?

Lui non si spostò di un millimetro, come fosse inchiodato all'uscio. «Non le porterò via che un minuto, signora. Se vuole l'accompagno per un tratto, immagino stesse per andare in panetteria, no?». S'interruppe per gratificarla di un sorriso ironico e poi proseguì. «In più Lothar mi sta aspettando legato alla cancellata del suo condominio e, come lei sa, la mattina non ama ritardi da parte mia».

Meglio ancora, pensò la Tirelli, infilandosi di nuovo il cappotto. Così mi vedranno tutti sottobraccio a questo nobiluomo!

Per strada, in effetti, lei gli si appese al braccio facendo l'occhiolino a destra e a manca ed esibendosi in sculettamenti poco consoni alla sua età. Ma Cunnigham, la cui scarsa pazienza s'era già esaurita, la freddò entrando subito in argomento: «Visto che lei è molto *attenta,* volevo chiederle se ha notato qualcuno che dalla casa di fronte, spia nelle finestre altrui con un cannocchiale».

Per nulla turbata, la Tirelli si bloccò e, prima di rispondere con sicurezza ma a voce bassissima, gli si avvicinò e lo guardò in faccia: «Certo Milord, me ne sono accorta, e le dirò di più: quel cannocchiale oggi è sempre puntato sulla *"Magnolia"* mentre fino a ieri l'altro passava da *"Villa Sandri"* a casa sua».

Cunnigham piegò la testa e la squadrò accigliato: «E lei non si è posta alcuna domanda? Non ha pensato di avvisarmi? O meglio ancora, di avvisare la polizia?».

«No», rispose lei risoluta. «Che vuole, non sono affari miei. Vivo sola, capisce? Ho paura».

«Mi può dire almeno se sospetta di qualcuno? Chi abita in quell'appartamento?».

«Lì ci sta la famiglia Rapini, gente molto a posto. Lui è funzionario di banca e lei fa la maestra elementare. Hanno due figli, Marco il maggiore, che pur essendo il miglior amico del giovane Binelli - un ragazzo difficile, caratteriale, lavativo - studia con profitto Economia alla Bocconi e Caterina che fa l'ultimo anno della Manzoni. Due bravi ragazzi Milord, non saprei proprio cosa dire».

Cunnigham non ritenne di aggiungere d'altro. Si allontanò dalla Tirelli e la scrutò con freddezza. «Un'ultima cosa: ha riferito questa faccenda alle sue amiche?».

La donna sembrava in soggezione e, prima di rispondere, nicchiò: «Ma certo che no. Come le ho detto, ho paura. Su queste cose è meglio tacere con tutti».

L'inglese la congedò e tornò sui suoi passi, con la netta sensazione del contrario.

«Alessandro? Ciao, sono Laura Setti. Puoi parlare?».

«Non sono impegnato, se è questo che intendi, ma non ho alcuna intenzione d'intrattenermi con te per telefono, dal momento che immagino di essere controllato».

«Per questo, grazie a te, immagino di esserlo anch'io».

«Non mi sembrava il caso di dovermi accollare anche la responsabilità delle tue azioni».

«Ma quali azioni, Alessandro? Ti pare verosimile che io possa aver condizionato Viola con l'ipnosi a distanza?».

«Scusa, ma non ci metterei la mano sul fuoco. Ti ho vista fare di tutto per farti notare. Per quel posto di assistente di ruolo in Università, poi».

«Non dire scemenze. Non mi brucerei mai comportandomi così da idiota. Ma su, di' la verità. Ti pare possibile? Non merito nemmeno il minimo dubbio da parte tua. Piuttosto non ti sembra che in questa faccenda qualcosa non torni? Non capisco proprio il nesso fra quegli scritti e un estraneo criminale che se ne impossessa con l'intenzione di perseguitare Viola. Perché non ci troviamo per ristudiare insieme il caso Sandri? Potremmo capovolgere a nostro favore la situazione collaborando con la polizia».

«Tu continui a pensare che tutto parta da lei, allora».

«È ovvio. Da chi se no?».

«Non lo so. Io di Viola Sandri non ne sentivo parlare da più di due anni. Che ne so chi frequenta? E soprattutto, che ne so dell'evoluzione che in questo periodo ha avuto la sua patologia?».

«Appunto. Soltanto tu che l'hai curata puoi capirci qualcosa».

«Non ci penso nemmeno. Tanto più che si tratterebbe di violazione del segreto professionale».

«Ma qui sono già morte due persone! E c'è in gioco la nostra reputazione. Dobbiamo fare qualcosa, lo vuoi capire?».

«Il caso Sandri è molto complicato Laura, ricordi? Rischiamo di addentrarci in ipotesi azzardate, forse addirittura campate per aria».

«Ciò significa che non escludi la possibilità che Viola abbia potuto perdere l'equilibrio di nuovo e in maniera più grave che in passato?».

«Non posso escludere nulla, lo sai. In ogni caso, per serietà, dovrei riuscire almeno a parlare con lei, confrontarmi con il suo attuale stato psichico, valutarlo con lei».

«Parliamone, ti prego Alessandro, almeno fra noi».

«Incontrandoci desteremmo troppi sospetti e poi, te l'ho detto, di te non mi fido per nulla. Se ritenessi che ti gioverebbe, tradurresti le nostre illazioni in verità assolute che potrebbero rovinare per sempre un'innocente».

Era già quasi l'una quando Matteo Binelli imboccò l'ingresso dei garage per depositare il motorino e raggiungere i suoi per pranzo. Inserì la chiave nell'apertura automatica del cancello e udì un fischio giungere dal piano superiore. Guardò in su e vide Marco Rapini sporgersi dalla finestra di camera sua indicandogli di aspettarlo.

Sbuffò. Se fosse arrivato in ritardo per pranzo, i due stronzi si sarebbero inferociti. Comunque attese l'amico e Marco gli apparve di lì a qualche secondo senza nemmeno il giubbotto, tremante non solo per il freddo.

«Mi ha beccato, Matteo. L'inglese mi ha visto con il cannocchiale puntato sulla *"Magnolia"*».

«Sei sicuro?» domandò Matteo astioso.

L'amico annuì sconfortato.

«Ma sei proprio pirla! Adesso che facciamo? Se quello ti chiede qualcosa che fai? Si può solo sperare che ti prenda per un frocio».

«Mi romperebbe le palle lo stesso e in ogni caso rischierei una denuncia. Forse è meglio che gli diciamo tutto».

Matteo gettò rabbiosamente il casco per terra. «Ma sei matto? Cosa dovremmo raccontargli? Te l'avevo detto fin dall'inizio: al minimo errore da parte tua io mi sarei dissociato. Se vuoi inventati tu qualunque cosa. Digli che sei pazzamente innamorato di lui e vai a farti fottere!».

Cunnigham lasciò il commissariato di via Feltre piuttosto sollevato e, pieno di baldanza e nonostante il freddo pungente, s'incamminò verso la Bentley posteggiata proprio di fronte. Higgins discese, gli aprì la portiera e, senza una logica dal momento che non conosceva il motivo di quel colloquio, gli domandò: «Tutto bene, Milord?».

«Sì, amico mio. La polizia verrà alla *"Magnolia"* domattina alle otto per ispezionare la nostra cantina. Dunque, appena saremo a casa, dobbiamo procedere a spostare la signorina Sandri in solaio. Per qualche ora non ne soffrirà».

Mentre Higgins avviava il macchinone, Cunnigham si allungò sui sedili posteriori, appoggiò il capo allo schienale e socchiuse gli occhi. Dal breve spiraglio fra le ciglia, colse lo sguardo lievemente arcigno dell'autista che doveva preludere alla domanda più spinosa: «Mi permetto di chiederle Milord, se è davvero sicuro di quello che sta facendo».

L'inglese spalancò gli occhi e scosse la mano in un gesto inequivocabile d'insofferenza, come per allontanare da sé quella domanda alla maniera di un odioso moscone.

«La prego Higgins, di non interferire nelle mie decisioni» inveì acido. «Se non si fida di me, se non se la sente di collaborare con me in questa faccenda, lo dica chiaro e forte e provvederò senza esitazione a concederle un lungo periodo di ferie».

L'autista s'incurvò sul volante e senza più guardare nello specchietto retrovisore, borbottò: «Sa bene Milord che da quando è morto suo padre sono sempre stato al suo fianco».

«Allora taccia» lo incalzò Cunnigham. «Per favore, taccia».

I due non aprirono più bocca fino all'ingresso della villa. Soltanto mentre attendevano che il cancello si aprisse, Higgins ci riprovò: «Come intende giustificare la rimozione di due sbarre della grata in cantina e le eventuali tracce del passaggio da lì della signorina Sandri?».

Cunnigham rispose sicuro, anche se con un tono un po' sopra le righe: «Tranquillo. Ci ho già pensato. Toglieremo anche il resto della grata e laveremo bene il pavimento con la varechina. Ho comunicato a Taddei che sto sostituendo le vecchie prese d'aria degli scantinati».

Higgins fremette. È pazzo. È diventato pazzo per quella donna, pensò disorientato guardando diritto davanti a sé perché l'altro non potesse intuire il suo pensiero dall'espressione dei suoi occhi riflessa nello specchietto.

«E per quanto riguarda la presenza in casa della signora Luisa, Milord?».

«Semplice. Luisa resterà con noi. Ho detto a Taddei della mia recente assunzione di una donna per le pulizie. E ho giustificato con facilità questa scelta proprio a causa della sua sciatalgia, Higgins, che non le permette di fare eccessivi sforzi».

Alla fine, Collini cedette e decisero di trovarsi nel tardo pomeriggio nello studio di lei, uno spazio di tre locali sotto il suo attico in via Bigli.

Quando sedette nel salottino, lo psichiatra ebbe in realtà l'inatteso desiderio di stendersi sul lettino in velluto rosso che Laura utilizzava durante le sedute di analisi.

E glielo confessò, aggiungendo: «Mi sento troppo fragile in questo momento. Forse dovrei addirittura sospendere le cure ai miei pazienti finché questa storia non si conclude».

«Non dire sciocchezze. L'hai detto tu, no? Male non fare, paura non avere» ribatté lei accendendosi una sigaretta.

Lui notò che le tremavano le mani, ma non disse nulla.

«Quante possibilità ci sono che Viola abbia montato tutta questa faccenda? E poi, a che scopo? Hai mai riscontrato in lei istinti omicidi? Perché le hai consegnato quelle prove scritte di liberazione dell'inconscio? Ecco Alessandro, queste sono alcune delle domande che intendevo rivolgerti per capire se c'è una speranza di uscire da questo intrigo».

Si guardarono a lungo negli occhi e infine lui rispose: «Non posso escludere la possibilità che, consapevolmente o no, la mia paziente abbia architettato tutto questo, l'ho già detto anche alla polizia. O meglio: è possibile che quegli scritti - che pure Viola non avrebbe mai potuto riferire a se stessa - abbiano scatenato nella sua mente malata un eccesso di mania di persecuzione. Capire il perché sarebbe impossibile. E, no. Non ho mai riscontrato istinti omicidi in Viola Sandri, se non verso se stessa e proprio in base a quegli esercizi. Per quanto riguarda il fatto che ho consegnato a lei quelle prove, tu lo sai, ne ero obbligato. Lei mi comunicò l'intenzione d'interrompere le nostre sedute: il paziente, se crede, è libero di cambiare analista in ogni momento, perciò la documentazione della precedente terapia deve restare in suo possesso. Per questo gliela consegnai».

Laura spense nervosamente il mozzicone in un posacenere di cristallo sul tavolino fra loro, e riaccese subito un'altra cicca. Si sporse verso il collega e con aria inquisitoria insistette: «Eppure, ci deve pur essere un dettaglio che ti sfugge, Alessandro. Pensaci bene: chi se non lei può aver imbastito una tale tragedia? Le prove sono tutte contro Viola, a parte l'assurda ipotesi che io e te, due seri e noti professionisti, abbiamo condizionato il suo cervello a distanza».

«Ma perché hai mentito alla polizia sul Franchetti?» rimpallò lui ancora poco convinto della sincerità della sua ex assistente.

«Suvvia, Alessandro! Per paura, ovviamente. Temevo che dichiarare di aver cercato Viola mi si ritorcesse contro. La polizia accampa sospetti per molto meno».

Il silenzio calò di nuovo fra loro mentre gli occhi di lui dietro le lenti parevano dilatarsi sempre di più e il nervosismo di lei si accaniva in un gesto meccanico delle dita di una mano su quelle dell'altra in un'orribile, inconscia sevizie delle unghie.

Riprese lui a parlare e la sua voce calò improvvisamente di tono: «Forse un piccolo dettaglio c'è».

Laura, speranzosa, gli si fece più vicina. «Dimmi. Che cosa?».

«Il suo diario. A un certo punto le consigliai di tenere un diario personale e segreto per scaricare il più possibile le sue emozioni e poi rileggerle. Il fatto stesso che negli esercizi di liberazione dell'inconscio Viola abbia impostato i suoi scritti a diario, mi da l'assoluta certezza che avesse seguito il mio consiglio. Quel diario dev'essere nascosto da qualche parte in casa sua».

«E se l'avesse portato con sé?» ipotizzò lei.

«Molto probabile. Per alcuni pazienti il diario personale diventa quasi un'appendice del proprio corpo».

Laura scattò in piedi e si avvicinò al telefono. «Dobbiamo avvisare subito Taddei, Alessandro. Subito».

48

A pranzo Lester ha insistito per avermi a tavola con lui.

Iniziamo subito il nostro gioco, Viola? Apriremo le imposte e tu ti muoverai per casa liberamente, mi ha detto con una strizzatina d'occhi.

Luisa mi ha aiutata a vestirmi. Stamane Cunnigham l'ha mandata a comprarmi scarpe da ginnastica, jeans e biancheria intima al mercato, ma ha insistito che sopra indossassi una T-shirt e un pullover di cachemere suoi.

Prima di scendere mi guardo allo specchio. Inizio a piacermi. La paura non snatura più i miei lineamenti e i capelli hanno ripreso a vivere: sono puliti e lucidi e spero nascondano un po' il livido sul viso che è diventato una macchia informe fra il giallo e il violetto. L'occhio si è aperto di nuovo e fa meno male.

A tavola, inizialmente sono tesa: gli scuri sono spalancati. Cunnigham capisce e mi tranquillizza con una carezza.

Sei bellissima, dice.

Basta la sua voce per darmi pace. Mi sento protetta. Il cibo è ottimo, lui è sempre più affascinante, ridiamo molto.

Mi spiega cosa succederà nelle prossime ore.

Domattina verrà la polizia. No, non guardarmi così, non preoccuparti. Ho già sistemato tutto, ho parlato poco fa con Taddei, non sospetteranno di nulla. Higgins ti sta allestendo il solaio (alla polizia interessa solamente lo scantinato) e nel pomeriggio sistemerà la grata della cantina. Ho detto che sto sostituendo le vecchie prese d'aria.

Troveranno le mie tracce di sangue, le mie orme.

Si passa una mano nei capelli e sorride. Impossibile, dice. Luisa laverà tutto con la varechina e spazzerà per bene il cunicolo che hai percorso.

Sembra tranquillo. Si allunga verso di me e mi bacia sulle labbra.

Don't be afraid, sussurra.

No, non ho più paura, Lester.

All'improvviso ho un desiderio irrefrenabile di far l'amore con lui. Glielo dico sulla bocca.

Sembra sconvolto. Senza una parola si alza, mi prende per mano e in silenzio saliamo la scala.

49

Il primo appartamento che Taddei aveva deciso di far ispezionare quel giorno era il pianoterra di fronte a *"Villa Sandri"*.

Alle tre in punto del pomeriggio, il Perini con due agenti di polizia e un tecnico della Scientifica si presentarono a casa Binelli.

Li accolse Elena Binelli in persona: «Vi stavo aspettando» esordì con un sorriso sghembo. «Prego, per di qua».

La donna fece strada fino alla cucina e si arrestò davanti a una porta.

«Questo è l'accesso alla cantina».

Il Perini prese dalle sue mani la chiave e le domandò: «Questo è l'unico ingresso alle cantine, signora?».

Lei parve riflettere: «Be', dall'appartamento è l'unico. Un secondo accesso è possibile dal garage».

La Feli, che sembrava affaccendata al lavello e non attenta a quel dialogo, in modo del tutto inaspettato, s'intromise rivolgendosi timidamente alla padrona di casa: «Signora, credo che anche nello sgabuzzino dei detersivi ci sia un passaggio».

«Sì, effettivamente c'è un piccolo passaggio in quel locale ma non so se porta alle cantine». La voce nasale del giovane Matteo, apparso silenziosamente sulla soglia del locale, sembrò prendere forma dal nulla.

La madre allibì: «E tu che ne sai?».

Il ragazzo si strinse nelle spalle e con aria saccente rispose: «Lo so perché ho notato una porticina dietro l'armadio delle scope e una volta ho provato ad aprirla, ma subito dietro ho trovato una seconda porta, sbarrata evidentemente dall'interno».

Il Perini gli si fece più appresso. «Me la fai vedere?». Poi si rivolse ai colleghi: «Voi iniziate subito dalla cantina».

«Commissario, sono Guidi, la sto chiamando da *"Villa Sandri"*».

«Ci sono novità?».

«Sì. Finalmente abbiamo trovato alcune tracce in uno dei cunicoli laterali che porta verso la villa dell'inglese».

«Che tipo di tracce?».

«Leggerà tutto nel rapporto, comunque le orme di passi dalla cantina della Sandri fino a quel cunicolo sono essenzialmente due oltre alla traccia dell'operaio ucciso, che si arresta molto prima, nel punto in cui abbiamo trovato il cadavere. Sono piuttosto nitide ma, secondo gli uomini della Scientifica non sono contemporanee, mi spiego?».

«Credo di sì. Lei vuol dire che una è precedente all'altra, è così?».

«Infatti. L'orma più breve si può riferire a una scarpa da ginnastica femminile e potrebbe essere della Sandri perché l'abbiamo confrontata con le sue scarpe e il numero coincide. La più lunga è certamente maschile, più nitida dunque più recente e potrebbe essere stata lasciata da uno stivaletto sportivo, forse da moto. Le due tracce poi si dividono: quella femminile scompare del tutto, come fosse stata spazzata via di proposito, quella maschile prende tutto un altro percorso, in perpendicolare rispetto alla villa».

«Mmmm… È già qualcosa ma non sufficiente per chiarirci le idee».

«Aspetti, non è tutto qui. Le due tracce si sovrappongono - ma attenzione, sempre in due tempi diversi - in un angolo di un cunicolo laterale dove, conficcato in una delle pareti, abbiamo trovato un anello in ferro murato a un metro d'altezza. Potrebbe starci che lì qualcuno sia stato imprigionato, perché sul metallo appaiono evidenti macchie fresche di sangue. E sparsi per terra, a circa dieci metri da quella zona, in mezzo a rifiuti di ogni genere abbiamo trovato i frammenti di una corda del diametro di un mignolo, anche questi imbrattati di sangue».

Si erano amati per ore, in una sorta di folle delirio uno per l'altra e ora, guardando Viola dormire nell'incavo del suo braccio, Cunnigham pensò che non avrebbe mai creduto possibile provare una passione così violenta.

Ritornò con la mente a Paolo Brandi, al fervore che lo pigliava parlando di lei, al fuoco che gli si leggeva nello sguardo e, per un attimo, si domandò se non fosse inevitabile per chiunque soccombere all'insaziabile sensualità di Viola.

A quell'idea scoppiò di gelosia e la rivolle subito. Con gli occhi chiusi, lei gli si avvinghiò e lasciò quasi passiva che lui la possedesse con rabbia.

Viola gemette.

«Scusa. Non so cosa mi è preso». S'era alzato dal letto confuso, a disagio.

«Io sono tua Lester, mi piace anche così» sussurrò lei con uno sguardo strano che lo turbò perché non seppe decifrarlo.

Sedette sul bordo del letto e la baciò. «Riposa ora. Io mi faccio una doccia e vado a vedere a che punto sono i lavori in soffitta».

Quando mezz'ora dopo uscì dalla stanza da bagno, Cunnigham notò che Viola si era addormentata profondamente.

Sorrise. Riposa, riposa amore mio.

Entrò nella cabina armadio e si vestì. In punta di piedi e con le scarpe in mano per non svegliarla, aprì il cassetto del comodino per recuperare l'orologio da polso. Veramente non ricordava più dove l'avesse messo. Aveva scordato tutto fra le braccia di lei. Infatti nel comodino non lo trovò. Stava per richiudere il tiretto quando sul fondo individuò l'angolo di un quaderno mai visto prima.

Lo prese fra le mani e lo osservò. Sembrava un libricino, rilegato in nero e sul recto vi appariva il nome di Viola stampato in corsivo inglese dorato. Forse era quello di cui parlava Luisa.

Non si trattenne e lo sfogliò. Un diario. Una grafia minuta, molto disordinata, in corsivo. Il diario di Viola.

Lo richiuse come fosse stato incandescente per non leggere nulla. Non ne aveva il diritto.

«'sera commissario».
«Chi parla?».

«Sono Brunetti, volevo avvisarla che hanno trovato il furgone».

«Quale furgone? Non può parlar chiaro?».

«Il furgone dell'operaio ucciso a *"Villa Sandri"*, commissario».

«E dove? Dica tutto, perdio!».

«Al Parco Lambro, all'interno di una cascina abbandonata, pieno zeppo di Punkabbestia e dei loro cani. I ragazzi l'hanno completamente ridipinto con i loro graffiti e privato delle targhe».

«E allora come fa a dire che è proprio quello?».

«Dal numero di telaio, commissario. Dentro è sparito tutto, documenti compresi. È sporco lercio di mozziconi di spinelli e altre amenità del genere».

La sera era calata rapidamente, prima confondendosi con il grigiore del cielo e poi, d'un colpo, inghiottendo la città nel suo ventre oscuro.

Le ricerche in casa Binelli non avevano portato a nulla, a parte il misterioso passaggio dallo sgabuzzino, ostruito da una seconda porta.

Quel dettaglio, unito alla spocchia del ragazzo che aveva fatto in modo di trovarsi lì proprio quando la Feli aveva svelato l'esistenza della porta, aveva insospettito il Perini che decise di far aprire quel pertugio l'indomani mattina.

Matteo aveva pensato bene di uscire, soprattutto per non incontrare il padre. Se le poteva immaginare le scene che il suo vecchio avrebbe fatto alla notizia dell'interesse della polizia per casa loro e non se la sentiva proprio di sorbirsele.

Buttò uno sguardo in cucina e salutò la madre, intenta a preparare un timballo di riso. «Ciao ma'. Vado da Marco».

«A fare che?» rispose lei senza alzare la testa.

«Mi ha invitato a cena».

«Non fare tardi. Vorrei che spiegassi a papà la storia di quella piccola porta dello sgabuzzino. Io non sapevo nemmeno che esistesse».

Matteo non rispose e se la filò, ma non fece in tempo a uscir di casa che si trovò proprio di fronte Marco Rapini.

«Ma che fai? Sto venendo da te».

«Sì, lo so, ma è meglio che ci parliamo qui. Ci sono grosse novità. Viola Sandri è in casa di Cunnigham, almeno penso che sia lei. Una sventola, rossa di capelli, con un occhio nero e le mani fasciate, apparsa dal nulla».

Matteo saltò sui due piedi. «Ottimo. Questa è la prova che mi mancava. Ascolta, i tuoi stasera non ci sono vero?».

L'altro confermò con un cenno del capo.

«Allora coprimi. Per chiunque io sono a cena da te, ok? E se gli stronzi mi telefonano trova una scusa. Puoi recuperare le chiavi delle cantine?».

Marco non riusciva ad aprire bocca, semplicemente rispondeva a cenni all'amico tentando di capire cosa mai stesse per combinare.

Ma il tutto durò pochi istanti, perché quando lo accompagnò negli scantinati del condominio, vide Matteo sparire con sicurezza dentro un corridoio, come se laggiù ci fosse sempre stato.

«Quando tutto questo sarà finito, ci sposeremo nel mio castello in Cornovaglia. Febbraio è meraviglioso là. Fa freddo, ma il parco si tinge di rosso e bruno. Il mare è nervoso, color acciaio e i camini sono sempre accesi. Sono i toni ideali per esaltare la tua bellezza».

Viola rigirò il viso in su, verso quello di Cunnigham, e la luce fioca del comodino colpì in pieno le sue iridi striandole di bagliori di fiamma.

«Sposarci? Vuoi davvero sposarmi Lester?» sussurrò rabbrividendo dall'incavo del braccio di lui.

Cunnigham sorrise e le disse: «Non penso ad altro, amore. E tu? Potrai vivere con un vecchio come me?».

Ma Viola non assecondò la sua ironia. Il suo sguardo si fece cupo e si perse in un punto dietro le spalle di lui, uccidendo i riflessi di prima nel buio. «Posso vivere *solo* con te. Se ti perdessi ora avrei paura di morire».

Avevano deciso di dormire insieme quella notte fino alla mattina alle cinque, momento del trasferimento di lei in soffitta.

L'inglese spense l'abat-jour sul comodino. Si allungò nel letto e attirò Viola a sé, la baciò sulle labbra e la strinse fra le braccia. «Dormiamo ora. Domani ci aspetta una giornata pesante».

Sopra di loro, nel solaio, Higgins e Luisa stavano terminando di rassettare il locale che avrebbe ospitato Viola. L'uomo era silenzioso da ore e la donna gli si avvicinò. «Che c'è signor Higgins? È così preoccupato?».

Lui si lasciò cadere su una sedia, e a Luisa parve che non avesse aspettato altro di quella domanda per dare la stura alla sua angoscia.

«Ma si rende conto in che pasticcio s'è messo Milord? Se domattina la polizia scopre il passaggio della signorina Sandri da quella grata, siamo finiti. Rigireranno la casa da cima a fondo, la troveranno, incrimineranno Cunnigham per occultamento di persona e noi di complicità. Un uomo come lui! Ma come può perdere la testa fino a questo punto per una sconosciuta?».

Luisa accostò una sedia a quella di lui e gli poggiò una mano sul ginocchio. «Via, Higgins, saprà bene quello che sta facendo, no? Avrà di certo le prove dell'innocenza di Viola. Non può dire tutto a noi. Siamo solo due dipendenti, due persone di servizio».

«A me ha sempre detto tutto. Sono con lui da quando è morto suo padre, vent'anni fa. E poi, quali prove può avere che gli diano la certezza che quella donna non è davvero una pazza criminale? Lei la conosceva già, vero? L'aveva vista all'epoca in cui lavorava per suo zio? Cosa può dirmi di lei?».

«Gliel'ho già detto: Viola veniva spesso a trovare il signor Riccardo, soprattutto la sera, dopo il lavoro e spesso si fermava anche a cena o addirittura a dormire. Ho sempre pensato che fosse una ragazza del tutto normale, affettuosa e sensibile. Stava delle ore con quel poveretto e spesso li sentivo ridere. Lei era l'unica persona che gli dava un po' di serenità. Lui aspettava soltanto il momento di vederla». Luisa incrociò le mani in grembo e continuò a parlare, sperando di riuscire a calmare l'angoscia di Higgins. «Lui le parlava della casa di famiglia che un giorno sarebbe stata sua e lei ne sembrava entusiasta. Si faceva raccontare la storia della villa che era stata costruita dal nonno, lo rassicurava che avrebbe lasciato ogni cosa com'era, che avrebbe fatto di tutto per mantenere vivi i ricordi con gli oggetti raccolti da suo padre e da sua madre, da lui e dai nonni. Voleva sapere tutto dei vicini, se anche quelle famiglie abitassero le loro ville da tanti anni».

Higgins fece un balzo sulla sedia e la interruppe: «E di noi? Ha chiesto qualcosa di Milord?».

«Oh sì, il signor Riccardo stimava molto Sir Cunnigham pur non avendolo mai incontrato personalmente. Seguiva i suoi articoli d'arte sul *"Corriere"* e diceva sempre che la sua presenza aveva nobilitato la via Caccianino. Una volta, aveva pensato di invitarlo per fargli esaminare un vecchio quadro attribuito a non so quale famoso artista, ma poi ci rinunciò. Le sue condizioni fisiche non gli permettevano una vita sociale normale. Si vergognava, capisce?».

Sempre più tetro, Higgins tornò a incassarsi nelle spalle e come fra sé aggiunse: «E noi, noi non l'abbiamo mai vista».

«Ma certo che no, come le ho detto veniva la sera tardi e se ne andava la mattina prestissimo. Per voi sarebbe stato un puro caso incontrarla. Ma che cosa la preoccupa tanto?».

«Nulla di preciso. Soltanto sensazioni, brutte sensazioni, signora.» Abbassò gli occhi ai suoi piedi e accarezzò Lothar disteso sotto il tavolo. «Anche lui è perplesso. Non l'avvicina mai».

«Ma su, ora non dica assurdità. Lothar è soltanto un cane. Un cane molto attaccato al suo padrone, molto geloso e con un caratterino non proprio adattabile. Andiamocene a dormire. Domani la sveglia è per l'alba».

50

Lester si è addormentato abbracciato a me. È un uomo stupendo. Un principe. Il mio principe.

Poco fa mi ha detto che quando tutto sarà risolto ci sposeremo. Non riesco a crederci.

Mi sembra impossibile aver trovato la felicità dopo gli orrori dei giorni scorsi. Mi sembra impossibile essermi innamorata in modo così totale.

Mi dedicherò a lui, per sempre. Sarò la sua donna, la sua amante, sua moglie. Gli darò un figlio. Lady Viola Cunnigham. Mi chiamerò come lui, vivrò qui e in Inghilterra, non lo lascerò mai, nemmeno un istante.

Lui mi proteggerà e io non dovrò temere più nulla.

Sì, domani scopriranno qualcosa. Lo sento, dovranno scoprire qualcosa. Troveranno le tracce del mostro, capiranno chi è e io sarò libera. Libera di uscire allo scoperto, di respirare, di esistere come una persona normale, di gridare al mondo la mia gioia.

Accarezzo Lester, le sue spalle nude, la sua schiena lunga, i suoi fianchi e poi bacio il suo viso e i suoi occhi chiusi, lo abbraccio, si sveglia...

Le sue mani iniziano a esplorare il mio corpo con dolcezza e forza. Mi danno i brividi e la vita.

Ti voglio Lester, gli sussurro. Ti voglio ora e sempre.

51

Taddei suonò il campanello della *"Magnolia"* alle otto in punto della mattina seguente.

Higgins tentò di nascondere l'agitazione che gli aveva impedito di chiudere occhio per l'intera notte e riuscì ad accoglierlo con la solita formalità: «Buongiorno commissario. Sir Cunnigham sarà da lei fra un attimo, desidera un caffè, un tè?».

«Grazie, sono a posto» rispose l'altro algido. «Posso iniziare a far scendere in cantina i miei uomini?».

Il maggiordomo annuì e fece strada alla squadra dei cinque poliziotti alle spalle del commissario verso l'ingresso della cantina.

Senza chiedere alcun permesso, Taddei si accomodò in un salottino laterale. «Io aspetterò Sir Cunnigham qui».

L'inglese lo raggiunse poco dopo, con un sorriso raggiante e un plateau di brioche calde fra le mani. «Sono appena state sfornate dalla Maria, non può rifiutarle! E ce n'è anche per tutti i suoi uomini».

Taddei scosse il capo e non poté fare a meno di pensare che quell'uomo gli era davvero simpatico. Uno dei pochi ricchi (e per giunta inglese!) simpatici, considerò fra sé agguantando un cornetto.

«Allora, a questo punto, ci vuole pure il caffè» considerò a bocca già piena.

Higgins scattò a prepararlo e, mentre lo aspettavano, Taddei aggiornò Cunnigham sugli sviluppi dell'indagine: «Ieri hanno ritrovato il furgone dell'operaio ucciso in casa Sandri. Era nascosto in una cascina abbandonata all'interno del Parco Lambro, diventata sede di un gruppo di Punkabbestia. Sa chi sono, Milord?».

«Ne ho una vaga idea. Non sono quei giovani pacifisti che girano per il centro a elemosinare con i loro cani?».

«Esattamente, anche se non corrispondono affatto alla mitezza che vorrebbero esprimere, in particolare quelli che si dichiarano di sostanziale emanazione punk. Questi ultimi infatti, spesso sono drogati, drogati pesanti e aggressivi, e il più delle volte sono anche pusher. Noi stessi abbiamo difficoltà a beccarli con le mani nel sacco perché adottano sistemi di difesa piuttosto sofisticati. Rifuggono qualunque adattamento alla società e mascherano con l'ideale di libertà assoluta la loro tendenza nomade e randagia di sostanziali sfaccendati. Purtroppo i Punkabbestia hanno preso il posto di quei movimenti piuttosto popolari fra i giovani, come furono gli Arancioni negli anni '70, o più tardi i frequentatori dei centri sociali come il Leoncavallo, considerati 'interessanti' dagli intellettuali. Di conseguenza, attirano anche molti elementi della borghesia e con la tacita approvazione dei genitori».

«Immagino che il gruppo che interessa a noi faccia parte della frangia che descriveva come la più trasgressiva» commentò Cunnigham.

«Infatti».

«E cos'hanno detto riguardo al furgone? Dove l'avrebbero trovato?» insistette l'inglese.

«Non hanno ancora confessato dove l'hanno preso o da chi l'hanno avuto, né perché l'hanno privato delle targhe e fatto totalmente ridipingere dai loro graffittari. Non creda sia facile farli parlare».

Higgins rientrò con il carrello del caffè e si avvicinò al commissario.

«Avete dei sospetti che siano stati incaricati da qualcuno di nasconderlo?» domandò cauto Cunnigham.

«Sì, ovviamente, e piuttosto fondati, ma per ora non posso parlarne». Prima di continuare, Taddei si servì del caffè e trangugiò un altro paio di brioche. «Sempre ieri ho ricevuto la telefonata dei due psichiatri indagati per presunto condizionamento a distanza della Sandri. Le perquisizioni dei loro studi non hanno portato a nulla di rilevante. Ancora una volta, i due si sono dichiarati innocenti e si sono resi disponibili a collaborare con noi per chiarire i lati oscuri della psiche della ragazza. La cosa più interessante che mi hanno detto è che sono sicuri che Viola Sandri tenesse un diario personale. La villa è stata setacciata da cima a fondo ma di questo diario non c'è la minima traccia e l'ho detto loro. Tuttavia Collini e la Setti insistono che il diario esiste e che, molto probabilmente la ragazza lo tiene con sé com'è tipico di un certo genere di malati».

Taddei squadrò Cunnigham in attesa e l'altro affondò gli occhi nella tazzina tradendo un attimo di smarrimento. Per fortuna furono interrotti dall'ingresso di un poliziotto bardato come un astronauta che, senza una parola, con una mano guantata allungò al commissario un foglio dattiloscritto.

Taddei lo scorse, poi alzò uno sguardo corrucciato su Cunnigham e lo lesse a voce alta: «*Siete sulla strada giusta. In questa casa si nasconde il mostro. Cercate ai piani alti*».

L'inglese non fiatò.

«Il suo piano, evidentemente, ha funzionato Cunnigham. Ora può anche consegnarmi quel diario. Perché lei sa dov'è, vero?» continuò il commissario con un mezzo sorriso. Poi si rivolse all'agente e domandò: «Avete fermato i due ragazzi?».

«Solo il Rapini. Per il Binelli aspettavamo lei».

52

OTTAVO GIORNO

È finita. Finalmente è finita. L'hanno preso. Non riesco ancora a crederci.

Nei giorni scorsi sono tornata a casa per qualche ora. Higgins e Luisa mi hanno aiutato a pulire e a mettere un po' in ordine ma di notte sono tornata qui per stare con il mio amore.

Sono felice e serena.

Stamattina Lester mi ha accompagnato da Collini. Io volevo ringraziarlo e lui voleva parlarmi.

Quando ho rivisto quello studio mi si sono piegate le ginocchia. Quanto dolore, quante lacrime, quante ore a parlare senza sapere di cosa né perché. Ho rivissuto tutto in un secondo e quando ho visto il mio dottore, mi sono buttata fra le sue braccia anche se so che non si dovrebbe fare.

Lester ci ha lasciati soli e mi ha aspettato in sala d'attesa.

Posso sdraiarmi sul lettino come allora? ho chiesto a Collini.

Certo, ha detto lui e si è seduto come sempre dietro di me.

Siamo stati in silenzio per qualche minuto e io ho chiuso gli occhi.

Mi parli di questo, ha detto improvvisamente lui allungandomi un fascio di fotocopie.

Che cos'è?

La copia del suo diario. L'originale ce l'ha ancora la polizia, glielo renderanno fra qualche giorno.

Ho scritto tutto, dottore, come ha detto lei.

Ho visto, l'ho letto. Crede che le abbia fatto bene scrivere?

Oh, sì! Sono sopravvissuta per questo in quelle ore di terrore.

Di certo però, non ha potuto scrivere al buio dei sotterranei né quand'era legata, non è vero? mi ha domandato.

Naturalmente no. Ho seguito il suo consiglio. Scrivevo quando potevo tentando di riportare ogni emozione così come l'avevo vissuta, ho risposto.

Non ricordo di averle consigliato modi e tempi di scrittura. Comunque è per questo motivo che ha scritto al presente?

Sì, è per questo. E, mi creda, rivivendo una seconda volta quegli attimi scrivendoli, riuscivo a scaricare almeno in parte la terribile tensione che mi avevano procurato.

Ha taciuto per un attimo e poi ha detto: le confesso di aver dubitato della sua spontaneità in quel diario, proprio per come l'ha scritto. Mi è parso preconfezionato, a volte freddo, distaccato. E poi non le nego che l'insistere ossessivo a sottolineare quel "lui (o lei)" nell'immaginare il suo persecutore, m'ha fatto pensare a una sorta d'identificazione da parte sua, quasi un'indicazione.

Cosa mi vuol dire? l'ho provocato.

Nulla. Solo quello che ho detto.

Ho iniziato a piangere. Non mi crede?

Ma certo che le credo, tuttavia penso che lei non abbia ancora risolto il suo disturbo di personalità. Mi piacerebbe che avesse voglia di tornare a parlarmi, che sentisse ancora il bisogno di una volta per poterla aiutare. Questa vicenda è stata grave Viola, la sua malattia ne ha certamente risentito.

No, professore. Non verrò da lei. Non ora. Ho trovato la felicità con l'uomo che mi ha salvata. Sono serena, ho bisogno soltanto di lui.

D'accordo, come vuole, ma almeno mi permetta di consigliarle di non abbandonare del tutto la terapia farmacologica. Ora non se ne rende conto, ma il rebound di uno stress come questo si farà sentire quando meno se lo aspetta.

Ci siamo salutati e gli ho promesso di riprendere le medicine.

Ma non lo farò.

La mia medicina è Lester, il mio principe.

Non ho bisogno d'altro. Non ho più paura. Non avrò mai più paura.

53

Alle undici la sala riunioni del commissariato era piena come un uovo di giornalisti.

Varcando la soglia, Taddei e il Perini salutarono tutti e sedettero all'apice del tavolo ovale.

«Miei cari signori, sono lieto di comunicarvi che il caso Sandri si è concluso in tempi ottimali». Taddei aprì la conferenza stampa con evidente soddisfazione, «e ciò grazie anche alla collaborazione di Sir Cunnigham, l'inglese vicino di casa della ragazza. L'avermi avvertito infatti che stava ospitando Viola Sandri e averla convinta a prestarsi da esca sotto la sua responsabilità, ci ha permesso d'incastrare il responsabile dei due omicidi di via Caccianino. Come sempre, cercherò di sintetizzarvi i fatti, ma vista la natura molto particolare di questo caso, se qualche punto non vi sarà chiaro, potrete interrompermi in ogni momento con le vostre domande».

Prima di proseguire, Taddei allacciò con lo sguardo tutti i presenti e dette loro il tempo di avviare i registratori. «Fin dall'inizio, tutte le prove indicavano Viola Sandri come l'artefice della vicenda. Devo confessare di averla io stesso creduta colpevole fino quasi alla fine, influenzato dal suo comportamento psicologicamente instabile e dalla consapevolezza che fosse stata in cura per anni da uno psichiatra».

Filippo Bertoni, inviato di *"Repubblica"*, s'intromise subito: «È vero che lei sospettò anche del professor Collini e della sua assistente?».

«Sì, nonostante mi sembrasse aberrante che un luminare di quel calibro avesse potuto condizionare a distanza una sua paziente. Ma in un caso dove l'elemento psicotico è predominante sarebbe stato impossibile non valutare anche quest'ipotesi, e l'ha capito pure Collini. In realtà, la successiva disponibilità dei due psichiatri a collaborare con noi contravvenendo alla sacralità del segreto professionale, ci ha permesso di venire a conoscenza dell'esistenza di un dettaglio fondamentale: il diario personale di Viola Sandri, l'ultima determinante prova dell'innocenza di quella poveretta». Il commissario pausò il resoconto e trasse da una cartelletta davanti a sé il quadernetto nero di Viola. «È questo» affermò alzandolo per gettarlo in pasto alla curiosità dei giornalisti.

«Possiamo conoscerne il contenuto?» chiese subito qualcuno.

«La Sandri ci ha permesso di consegnarne una copia a ciascuno di voi. Alla fine di quest'incontro ve la darò, ma andiamo con ordine. In questa storia l'unico malato mentale che si è rivelato veramente pericoloso è l'assassino, Matteo Binelli.

«Un ragazzo nevrotico, figlio delle contraddizioni e degli ideali fasulli del nostro tempo. Privo di carattere, senza interessi, particolarmente incline al sadismo e, a sentire il parere degli psicologi scolastici (che più volte hanno sollecitato la famiglia a farlo curare da uno specialista), afflitto da una grave forma patologica di misoginia e di complesso d'inferiorità».

«Ma come ha potuto architettare una vicenda simile? E per quale movente? Conosceva già Viola Sandri?» le domande della rappresentante del *"Corriere della sera"* partirono come un fuoco di fila.

«Quando infine l'abbiamo fermato, Matteo Binelli sembrava raggiante: era felice che fossimo giunti a lui. "Era proprio quello che volevo", ci ha detto» rispose Taddei. «Ora, voi sapete meglio di me che le azioni dei soggetti psicolabili non sono facilmente interpretabili. Quello che in apparenza sembrerebbe il movente primario del Binelli, è quello che lui stesso dichiara senza problemi, ovvero di aver indagato da solo e nell'ombra per accantonare le prove che avrebbero smascherato la natura criminale di Viola Sandri. In questo modo avrebbe potuto dimostrare al gruppo di Punkabbestia di cui ambiva far parte (ma che, come vedremo, lo rifiutava perché "senza palle"), di essere un leader e, ai suoi genitori, una persona con un'intelligenza superiore. Ma ormai è chiaro che, quando ha scoperto il famoso incartamento delle prove di liberazione dell'inconscio della Sandri, l'ha utilizzato per montare un originale, orribile caso di cronaca nera che soltanto lui avrebbe potuto risolvere, per conquistare una fama nazionale che l'avrebbe fatto assurgere alle prime pagine dei vostri giornali, riscattandolo dall'inutilità della sua vita e dall'insulsaggine della sua persona».

«Ma scusi, dove aveva trovato quegli scritti?» domandò ancora Bertoni.

Il commissario si alzò, circumnavigò il tavolo e sedette sul piano con una gamba ciondoloni. Si versò dell'acqua da una bottiglia, bevve, riprese fiato e continuò: «Fu il caso. La settimana prima del trasloco, Viola Sandri fece un paio di scappate in tarda serata alla villa per portarvi i suoi effetti personali, con un'auto prestata da un'amica. Una sera di quelle ha incontrato Matteo che, vedendola in difficoltà, si è offerto di aiutarla a scaricare. Secondo la ragazza il plico che le aveva a suo tempo consegnato Collini e che lei non aveva mai aperto, era contenuto in una delle sacche trasportate prima del trasloco. È molto probabile che, vista l'intestazione di uno studio psichiatrico, per curiosità il Binelli l'abbia rubato. Lui stesso confessa di esserne venuto a conoscenza in quell'occasione.

Il ragazzo ammette infatti di aver incontrato la Sandri, di averla aiutata a scaricare l'auto e di aver curiosato nella famosa busta perché era aperta e i fogli contenuti chiaramente leggibili. Giura però che lei lo scoprì e che per questo accampò una crisi di nervi. Infine gli strappò la busta dalle mani e lo cacciò via brutalmente. Spaventato dall'abnorme reazione della ragazza, il Binelli dice di aver pensato proprio in quel momento che fosse pazza. E aggiunge di essersene definitivamente convinto qualche giorno dopo quando, spiandola dalla finestra della villa, la vide sfogliare tranquillamente quell'incartamento e selezionarne alcuni fogli. Ma, sempre a sentir lui, non appena la Sandri si accorse della sua presenza, esattamente come la prima volta, all'improvviso cambiò atteggiamento: si allarmò, gridò e si gettò per terra inscenando una crisi isterica».

La domanda giunse questa volta dall'inviato del *"Giornale"*: «E perché il ragazzo non fece mai cenno del suo primo incontro con la Sandri né in casa né alla polizia?».

«È ovvio che di quell'incontro non parlò con nessuno. Tenendo fede, come le prove indicano, alla versione della ragazza, Matteo Binelli con quegli scritti si era trovato fra le mani un'occasione unica, di straordinaria morbosità. Un'occasione perfetta per scatenare la sua perversione a perseguitare Viola Sandri e, allo stesso tempo, per inscenare una tragedia che, come ho già detto, avrebbe potuto risolvere soltanto lui. Alcune di quelle pagine, evidentemente trafugate da lui quella prima sera, sono state infatti trovate anche sotto il suo materasso insieme con un paio di guanti di lattice. Naturalmente lui si scagiona dicendo di aver raccolto quei fogli in un secondo tempo, soltanto per accantonarli fra le prove delle sue scoperte nelle cantine, da sottoporre poi alla polizia».

«Ma non ebbe timore di essere riconosciuto dalla Sandri il giorno che la spiò dalla finestra?» insistette il giornalista.

«Per questo si tutelò indossando un passamontagna. La Sandri afferma infatti di aver intravisto soltanto un paio di occhi».

Il commissario fece una pausa per bere di nuovo e un giornalista che non riconobbe ne approfittò: «Come mai il Binelli aveva così dimestichezza con i sotterranei di via Caccianino?».

«Guardi, è stato proprio lui a confessarci di averci spesso vagato, incuriosito dai meandri sotterranei o, semplicemente, per non farsi trovare dai genitori. Ha dichiarato che il suo passaggio preferito è sempre stato proprio lo sconosciuto pertugio dello sgabuzzino del suo appartamento che, quando iniziammo le indagini, s'è affrettato a chiudere a chiave dall'interno passando dal garage. Pieno di boria, il ragazzo ha ammesso di essersi avventurato anche l'altra notte fino alla cantina di Cunnigham per lasciare il messaggio dattiloscritto che indicava, seppure indirettamente, la presenza della Sandri alla *"Magnolia"*. E Marco Rapini l'ha confermato, rivelando di aver aiutato il Binelli a introdursi nelle cantine e, un'ora dopo, di aver ricevuto da lui una telefonata dai sotterranei con la richiesta di battere a computer quel testo, e di portarne la stampa all'ingresso».

«Che ruolo ha avuto il Rapini in questa storia? Come ha commentato il comportamento del suo amico? E come ha giustificato il suo?». Evidentemente la brunetta del *"Corriere"* era abituata a fare tre domande per volta, considerò fra sé Taddei con un lungo sospiro.

«Marco Rapini è sconvolto. Continua a ripetere di non credere alla colpevolezza di Matteo. Lo ritiene un ragazzo difficile, turbato e nevrotico ma anche un perseguitato, un incompreso dalla famiglia e dai compagni. È fermamente convinto che l'amico abbia agito per dimostrare quelle capacità che nessuno gli riconosceva. Ma, a tutti gli effetti, il Rapini è stato suo complice» aggiunse il commissario, «un complice ignaro delle vere intenzioni del Binelli che l'aveva incaricato di spiare attraverso un cannocchiale gli avvenimenti delle ville di fronte. Dal Rapini, il nostro venne a conoscenza dell'arrivo dell'operaio delle serrature, della visita del Brandi a Cunnigham e, successivamente, della presenza della Sandri in casa dell'inglese».

Dal fondo della sala si levò la voce incerta di una giovane cronista: «Può spiegare la dinamica e il motivo dell'omicidio dell'operaio delle serrature?».

Con un gesto breve, Taddei passò la palla al Perini: «L'uomo avvertì la Sandri di rumori sospetti nello scantinato, ma lei non gli diede peso perché credette che l'uomo stesse curiosando in casa. Per questo s'infuriò e lo sollecitò a proseguire il suo lavoro.

«Finito il lavoro, l'operaio uscì dal retro per recuperare il furgone e, nel sottoscala, s'imbatté nel Binelli. Ma badate bene: la decisione dell'omicidio non fu premeditata. Per il ragazzo era inevitabile eliminare un testimone scomodo della sua presenza in quella casa.

«Matteo, quindi, colpì l'uomo alla nuca con il primo oggetto che si trovò fra le mani, un bronzetto trovato in cantina, e gli fracassò il cranio. Per il patologo non c'è il minimo dubbio che il delitto sia stato opera di una persona mancina e, come poi abbiamo appurato, Matteo Binelli è sinistrorso. In più, l'orario della morte dell'operaio, coincide con l'assenza del ragazzo da scuola e, nei sotterranei, le orme dei suoi stivaletti da moto sono più che nitide sia sul luogo del delitto sia nella zona dove in seguito la Sandri è stata imprigionata».

Taddei ringraziò il collega e riprese la parola: «Dopo l'omicidio, il Binelli indossò un giubbotto e un berretto della Sandri: su questi indumenti, che abbiamo trovato appallottolati in un angolo degli scantinati, sono state rilevate le sue impronte digitali e dei capelli che, dai primi esami parrebbero suoi. Secondo il Binelli invece, quegli abiti facevano parte delle cose che aveva aiutato a portare in casa la prima volta che incontrò la Sandri, ma capite anche voi che questa è un'ipotesi accampabile con troppa facilità. Tornando alla cronaca, l'assassino trascinò il cadavere in cantina e uscì col furgone con l'intenzione di far ricadere i futuri sospetti del suo delitto sulla Sandri. Se infatti qualcuno l'avesse visto, con l'aiuto del buio e vestito con gli abiti della ragazza, l'avrebbe senza dubbio scambiato per lei. Dalla villa portò il mezzo al Parco Lambro e lo mollò ai suoi amici Punkabbestia».

«Perché il Binelli ha pensato di nascondere il furgone?» domandò Bertoni.

«Oh, se dovessimo credere a lui, le cose sarebbero andate diversamente. Per il Binelli, fu Viola a uccidere l'operaio e fu Viola a portar via il furgone. Lui ne fu testimone, nascosto negli scantinati. Poi la seguì con la moto e la vide abbandonare il veicolo al posteggio della metropolitana di Cascina Gobba. La stessa notte, dice di essere andato a riprenderlo e di averlo portato ai Punkabbestia semplicemente come trofeo. Pur con grande fatica, siamo riusciti a far ammettere ai Punkabbestia di essere stati regolarmente messi al corrente delle intenzioni persecutorie del Binelli nei confronti della Sandri. Con loro se ne gloriava. Ma anche quei balordi, come il Rapini, lo ritengono innocente. Vi leggo parte della testimonianza di un'appartenente al gruppo, una certa Melissa: "Da tempo Matteo voleva introdursi nel nostro gruppo, voleva misurarsi con noi, ma era chiaro che non aveva le palle. Si capiva che era un frikka, buono soltanto a farsi bello con i soldi, infatti ce ne ha sempre dati tanti. Quando incontrò quella donna venne subito a raccontarcelo. Sembrava fatto, era troppo su di giri. "È la mia occasione" ha detto. "Quella è una pazza pericolosa. Voglio capire cosa cazzo sta imbastendo per sputtanarla". Era convinto che la Sandri fosse una malata criminale e, allo stesso tempo ci diceva di essere affascinato dalla sua perversione, dalla sua follia. Ma non era vero: lo diceva soltanto per colpirci. È stato un gioco troppo estremo per uno sfigato come lui, un gioco che alla fine gli ha preso la mano e il cervello. Quando ci ha portato il furgone era in palla. Ci ha chiesto di graffittarlo, di farne quello che volevamo, che ci avrebbe pure pagato, come sempre, ma non ci ha spiegato perché, né ha parlato di morti ammazzati. "Ci sono. Ci sto quasi arrivando, vedrete" ha detto. Non ha ucciso nessuno Matteo, non ne sarebbe capace. Semmai, cercate chi l'ha incastrato. Per lui era soltanto un gioco"».

«Un gioco senza senso, assolutamente paranoico» commentò quasi fra sé Bertoni, e poi chiese: «Perché il Binelli imprigionò la Sandri in cantina e perché poi la liberò, apparentemente senza motivo?».

«Il gioco paranoico, come lo chiama giustamente lei, prevedeva di far sì che tutto apparisse opera della Sandri, opera di una malata di mente, per attirare l'attenzione su di sé o soltanto per la natura della sua presunta psicosi. Il Binelli si difende affermando che è sicuro della lucidità della donna: secondo lui avrebbe finto di essere perseguitata per colpire l'interesse di qualcuno, in particolare di Sir Cunnigham. Messo infatti a confronto con il diario personale di Viola Sandri, ripete che è tutto falso, che lei l'avrebbe scritto apposta per creare una prova in più del suo ruolo di vittima».

Per la prima volta dall'inizio della conferenza stampa, prese la parola un collega del giornalista ucciso nel caso Sandri: «Secondo lei, Paolo Brandi ha fatto in tempo a capire chi fosse il suo assassino?».

«No, credo proprio di no. Brandi è stato ucciso alle spalle perché si è trovato nel posto giusto, ma al momento sbagliato. Qualche passo in più l'avrebbe condotto a scoprire la Sandri imprigionata là sotto. Ancora una volta il Binelli si trovò costretto a uccidere per non rischiare di essere scoperto. E ancora una volta capì come sfruttare il secondo omicidio contro la sua vittima. Infatti l'arma del delitto è un coltello che fa parte del set di cucina di Viola Sandri, lo stesso coltello che utilizzò per liberare la ragazza dalla corda con la quale l'aveva imprigionata. E, anche se nessun testimone è in grado di confermare l'assenza di Matteo da casa nell'ora in cui il patologo ha stabilito la morte del giornalista, i ripetuti colpi di pugnale sono stati certamente inferti da una mano sinistra» Taddei indicò con un gesto l'inutilità di ulteriori analisi.

«Che ne sarà ora di Matteo Binelli?».

Alla domanda dell'inviato del *"Giornale"* rispose di nuovo il Perini: «Per ora è ricoverato in una clinica psichiatrica dove, fra l'altro, i medici hanno già accertato che il suo stato psicologico è stato aggravato dall'uso di stupefacenti. Poi naturalmente ci sarà un processo, ma vista la tipologia dei fatti, il ragazzo probabilmente finirà la sua vita in un manicomio criminale».

«E Viola Sandri? Come sta? Ammette anche lei commissario che il suo comportamento è comunque patologico?». L'ennesima tripletta della giornalista del *"Corriere"* strappò suo malgrado un sorriso a Taddei.

«Non sta a me giudicare lo stato psicologico di Viola Sandri, signorina, anche se è innegabile che si tratta di una persona instabile ma, secondo gli esperti, dannosa soltanto a se stessa. Di questo si è occupato e si occuperà chi di dovere. Quello che posso dirle è che evidentemente il Binelli ha saputo approfittare dell'insicurezza psicologica della sua vittima per improvvisare una trama mostruosa, di una violenza incontrollata e insensata che potesse gratificare la *sua* patologia, molto più grave. Questa è stata anche per noi una vicenda molto particolare, dai contorni oscuri proprio perché l'incontro di due protagonisti accomunati da problemi psicologici così singolari e così tragicamente complementari ha scatenato fatti con caratteristiche molto difficili da decifrare secondo i codici della logica e della criminalità comuni».

«Un vero e proprio scontro fra titani psicopatici» sghignazzò fra i denti Bertoni.

Taddei preferì far finta di non aver sentito e, lanciando un'occhiata a tutta la sala concluse: «Ci sono altre domande?».

Attese qualche istante, ma dal brusìo generale non si levò alcuna richiesta. Allora distribuì le copie del diario di Viola, salutò uno per uno i giornalisti con una stretta di mano e prima di congedarli aggiunse: «Mi raccomando, segnalate l'importanza della collaborazione dei civili nelle nostre indagini. Come vi ho detto, senza il coraggioso aiuto di Sir Cunnigam, la soluzione di questo singolare caso avrebbe potuto avere un percorso pericolosamente diverso e, in ogni caso, senz'altro più lungo».

54

FEBBRAIO

Sfiorò con la mano il posto vuoto nel letto al suo fianco.

Cunnigham aveva aperto gli occhi, con l'inquietante sensazione di appagamento assoluto che lo invadeva dal momento in cui aveva fatto l'amore con Viola la prima volta.

Rotolò al posto di lei e si strofinò nelle lenzuola assorbendone l'odore ancora intenso. Quanto avrebbe potuto durare la sua felicità?

Per sempre, si convinse soffocando quello strano senso di turbamento e di ansia che provava spesso pensando a lei senza capirne il motivo.

Accarezzò il guanciale e per poco non si ferì, perché le sue dita inciamparono in un foglio di carta fissato alla federa con uno spillo.

La camera era immersa nella penombra del primo mattino e lui dovette accendere la luce sul comodino per vedere di cosa si trattasse. Sedette sul bordo del letto e inforcò gli occhiali.

Era un foglio di quaderno, a righe, riempito da una calligrafia precisa, in stampatello:

"DIARIO DI MORTE

18 febbraio

Come hai fatto a non capire chi sono amore mio? Io sono il tuo Destino e so tutto di te da tanto tempo. Ti ho voluto e ti ho avuto. Ora è giunto il momento d'impossessarmi della tua vita per alimentare la mia... È stato facile. Ancora una volta, è stato troppo facile!

Viola...

Preso dal panico, scattò in piedi, si vestì con quello che trovò e si precipitò di sotto.

Attraversò il salone e vide Higgins di spalle che, in ginocchio, stava pulendo il camino. Una luce limpida e rara per quella stagione filtrava dalle tende di bisso delle portefinestre e creava macchie sfacciate sull'antico pavimento di granito.

Per non insospettire il cameriere, Cunnigham tentò di darsi un contegno: «Ha visto Milady, amico mio?»

«Sì, Milord. È uscita poco fa a cavallo».

La voce di Cunnigham s'incrinò. «Quale cavallo? Spero non quell'intemperante di Seamoon».

«No. Oggi ha scelto Sunshine, Milord».

«Bene. La raggiungerò. Ci rivedremo per pranzo, Higgins».

L'uomo attese che il padrone si fosse allontanato dalla stanza e svelto si rialzò da terra.

Nelle scuderie Cunnigham infilò stivali e pastrano e si fece sellare il suo cavallo preferito da Patson, lo stalliere. «Faccia in fretta, per favore. Voglio raggiungere Milady. Le ha detto dove andava?».

«Alla scogliera Milord» rispose l'uomo porgendogli le briglie di Cassius, un baio enorme flashato di bianco sul muso.

Appena fuori dalle stalle, Cunnigham spronò lo stallone al galoppo e in pochi istanti scomparvero oltre il bosco in fondo al parco seguiti dal latrare di due setter.

L'aria gli sferzava la faccia in carezze gelide e lui si stupì di non riuscire a pensare a nulla.

Tutt'uno con Cassius, gli pareva di correre nell'infinito, in un vortice d'improvvisa follia. Gli zoccoli del cavallo battevano ritmicamente il terreno e rimbalzavano nel suo cervello vuoto in echi insopportabili, mentre il suo corpo vibrava e s'innalzava e poi scendeva sulla sella come un'onda anomala.

Finché giunse alla scogliera e la vide. Di spalle, con i capelli impazziti nel vento come fiamme, stringeva le briglie di Sunshine in una mano e scrutava l'orizzonte.

Cunnigham si fermò a pochi metri da lei e con un salto scese da cavallo. Viola non si mosse.

«Speravo che tu venissi presto» disse senza guardarlo.

«Per fortuna stai bene. Ho trovato questo, ho avuto paura per te amore» bisbigliò lui allungandole il foglio. Cercò di abbracciarla ma lei fece due passi avanti e non rispose.

«L'hai letto anche tu? Non avere paura, ora ci sono io con te. Guardami amore, ti prego» le sussurrò tentando di nuovo di farla voltare verso di lui. Poi, protettivo le afferrò un braccio.

Lei si divincolò e finalmente si girò.

Lo guardò negli occhi. Aveva uno sguardo livido, mai visto. «Questa lettera non è per me. È per te, amore mio. Vieni più vicino» gli disse con un sogghigno.

Sotto di loro il mare mugghiava come un cattivo presagio. Lui le si accostò e Viola gli gettò le braccia al collo. «Abbiamo poco tempo. Prima dobbiamo parlare, devi capire» gli sussurrò con la bocca sulla sua.

«Che significa?» domandò lui. «Che significa che questo messaggio è per me?»

Lei sospirò. «Significa che l'ho scritto io per te. Non hai ancora capito che rappresento un clamoroso episodio di fallimento della psichiatria? Povero Collini, se sapesse che l'ho sempre preso in giro» S'interruppe e rise forte, gettando il capo indietro. «Ho finto tutto, amore. L'ipnosi, e quegli esercizi, erano soltanto una cronaca, una *lucida* cronaca della mia alienazione. Non sono egoriferiti, come crede Collini, il soggetto di quelle minacce era Laura. Da tempo immaginavo ossessivamente di perseguitarla e poi di ucciderla e infine di sostituirmi in qualche modo a lei per alimentarmi della sua vita facile e piena. Ho sempre saputo cosa stavo scrivendo, volevo provare a me stessa la forza della mia 'diversità' e, come vedi, messa alla prova nella realtà la mia 'diversità' ha vinto!».

Cunnigham si lasciò abbacinare dalla trasformazione di Viola. Persino la sua voce s'era fatta stridula, tagliente. Incredulo, la osservò irrigidirsi con uno scatto mentre la sua espressione mutava di nuovo.

I suoi occhi divennero due lame e riprese a parlare in un monologo inarrestabile: «Matteo Binelli non c'entra nulla. Mi sono servita di lui perché dovevo ottenere ciò che mi ero prefissata. Te. Volevo te e la tua vita. Il tuo nome e le tue case. Il tuo cameriere e la tua automobile. Il tuo passato e il tuo futuro, finché avessi voluto, finché non mi fossi svuotata di nuovo. La giovane vedova Cunnigham, miliardaria ma infelice. Mi piaceva da pazzi l'idea, il personaggio. La nostra è una storia antica, amore mio. Lo zio Riccardo mi ha parlato tanto di te».

S'interruppe per un istante, gli si fece ancora più vicina e con un sorriso sinistro gli carezzò il viso. La sua mano era di ghiaccio. «Ho provato milioni di volte il percorso dalla mia cantina alla tua e al momento buono ci sono arrivata davvero a occhi chiusi! La sera che incontrai Matteo Binelli e lui si offrì di aiutarmi a scaricare la macchina, lo scoprii frugare in quella borsa e capii che il destino mi stava offrendo la chiave del mio progetto su un piatto d'argento.

Lo vidi spiare nella busta aperta dei miei esercizi di liberazione dell'inconscio e simulai una crisi di nervi per verificare la sua curiosità, la sua morbosità. Quell'idiota sarebbe stato perfetto per rappresentare il mio persecutore. Oltretutto, osservandolo maneggiare i bagagli, non mi ci volle molto a capire che era mancino: un dettaglio molto utile per incastrarlo quando e se mi fosse servito.

«Gli strappai dalle mani la busta e lo cacciai. Poco prima l'avevo visto trafugare qualcuno di quegli scritti, ma feci finta di nulla. Da quando entrai nella villa, iniziò a spiarmi e a farmi spiare dal suo amico. Quel topo di fogna s'introduceva dai sotterranei nella mia cantina pensando che io non lo sentissi. Aveva un comportamento incosciente, irrazionale, sempre più paranoico, morboso. Ideale per me.

«Ho ucciso l'operaio delle serrature proprio perché avevo sentito che Matteo era in cantina. Allora gridai per essere certa che mi spiasse e mi vedesse. Poi portai via il furgone. Ricordi? Fu quella sera che tu mi incontrasti mentre rientravo con le sacche del supermercato e tu stavi uscendo con la macchina. Matteo mi seguì e io mi lasciai seguire: mi dissi che forse il suo fine era di smascherare la mia pazzia, o che forse voleva soltanto osservarmi per una sorta di oscura alienazione mentale, di attrazione perversa. Ma non m'interessava sapere cosa lo spingeva a comportarsi così, capisci? Senza accorgersene, stava per cadere nella mia trappola, soltanto questo importava per me. Avevo capito che mi bastava improvvisare qualunque mossa per vederlo reagire nel modo più stupido e allo stesso tempo perfetto per impigliarsi senza scampo nella rete che stavo intessendo.

«E infine Paolo. Paolo è stato un piacevole fuori programma, un altro segno del destino. Ho goduto a uccidere insieme con lui il dolore del nostro passato, la sua ipocrisia, la nostra impossibile vita insieme. E allo stesso tempo ho potuto servirmene ancora contro Matteo».

Si allontanò di qualche passo e tornò a guardare l'orizzonte. Cunnigham non le staccava gli occhi di dosso senza riuscire a dire nulla.

D'un tratto Viola parve più calma. Il suo sguardo si perse lontano e la sua voce divenne dolce, malinconica: «Ho finto sempre, amore: la caduta dalle scale, l'occhio nero e tutto il resto, me li sono provocati da sola. Sono la maestra dell'autolesionismo. Peccato che non potrai accertarlo con Collini. Lui ne sa qualcosa. Quello che non ha mai capito - o forse l'ha intuito troppo tardi - è che proprio attraverso l'analisi mi sono riconosciuta per quella che sono, e che alla fine mi sono accettata. Io sono così. Non posso cambiare. E mi piace essere così. Il mostro dentro di me è più forte di tutto».

Si girò di nuovo verso di lui e il suo viso mutò ancora una volta. S'indurì come una pietra. «Ora sai ogni cosa. Esclusa la fine, già scritta nell'ultima pagina del mio diario: il diario della tua morte e della mia prossima vita. Monta su Cassius».

Cunnigham non si mosse né parlò.

Fra le mani di Viola era apparso un revolver, e lui si domandò dove mai lei l'avesse preso e dove l'avesse tenuto fino a quel momento. «Monta su Cassius ti ho detto» gridò lei puntandogli l'arma in faccia.

Senza alcuna reazione, lui si accostò al cavallo, infilò un piede nella staffa e salì in groppa. Guardò sua moglie ancora senza un pensiero. La sua mente si era azzerata, annullata di colpo.

Lei si aggrappò alle briglie e condusse il cavallo verso il ciglio della scarpata. Aveva il volto stravolto ma felice. Straordinariamente felice. Follemente felice.

Cunnigham chiuse gli occhi. Ancora non riusciva a pensare, ma non poteva sopportare di guardarla. Dio, fra un attimo non avrebbe più potuto guardare nulla.

Sentì il calore del cavallo sotto di sé, lo sentì fremere, scalpitare. Lo sentì opporre una disperata resistenza ad avvicinarsi ancora di più allo strapiombo. Allora lo carezzò sul collo in un estremo contatto di conforto, e la sua mano s'infradiciò di sudore schiumoso.

Cassius aveva paura, iniziava a impennarsi, nitriva mentre Viola gridava, lo incitava, lo frustava a sangue con una forza incredibile, indomabile. All'improvviso il fragore di uno sparo lacerò il sibilo del vento e tutto sembrò rallentare come sullo schermo di una moviola. Il cavallo si rizzò imbizzarrito sulle zampe anteriori e Cunnigham immaginò di star per volare nel vuoto.

Era finita. Il suo cuore perse un colpo. Sentì di star per ripiombare verso terra ma uno strappo improvviso alle briglie fece scartare Cassius con tutto il peso all'indietro.

Il cavallo gli cadde addosso e lui sentì spezzarsi di netto la gamba destra, come il ramo morto di un albero. Con un nitrito agghiacciante Cassius si risollevò e ripartì al galoppo verso le stalle, e finalmente Cunnigham si guardò attorno.

Cercò Viola e la vide subito.

Distesa in una pozza di sangue, a pochi metri da lui. Giaceva in una posa innaturale, come una bambola disarticolata, ma il suo viso era splendido, disteso. Gli occhi di rame spalancati per sempre nel cielo che iniziava a riempirsi di piccole nuvole scure.

E seguendo quello sguardo nell'infinito, Cunnigham si sorprese d'incontrare il volto sconvolto di Higgins sopra il suo, al contrario.

Pensò sconcertato che era buffo. Atrocemente buffo.

«Le avevo detto che sarei sempre stato al suo fianco, Milord».

RINGRAZIAMENTI

Grazie di cuore agli amici fraterni Sergio Negrini, che mi ha aiutato nell'editing di questo libro, e a sua moglie Tiziana, da sempre vicina in ogni mia avventura e che ora sono due luminose stelle.
Grazie a Toto Salmi, angelo custode e mio primo maestro all'utilizzo corretto del computer.
Grazie ai miei primi lettori (entusiasti di default perché di parte): mio marito Mario Nodari e suo figlio Alessandro e le amiche Anna Delli Ponti e Carla Romagnoni Orena.
Grazie alla dottoressa Ina Candida, psicologa, per la preziosa consulenza.